Ivan Angelo
O ladrão de sonhos
e outras histórias

Ivan Angelo

O ladrão de sonhos e outras histórias

editora ática

Importante: esta edição reformulada traz os mesmos textos ficcionais da anterior, publicada pela extinta série Rosa dos Ventos.

O ladrão de sonhos e outras histórias
© Ivan Angelo, 1994

Conforme a nova ortografia da língua portuguesa

Diretor editorial	Fernando Paixão
Editora	Gabriela Dias
Editores assistentes	Carmen Lucia Campos
	Emílio Satoshi Hamaya
Apoio de redação	Veio Libri
Coordenadora de revisão	Ivany Picasso Batista
Revisoras	Kelly Mayumi Ishida
	Cátia de Almeida
Editor de arte	Antonio Paulos
Diagramador	Claudemir Camargo
Design e DTP	Negrito Produção Editorial
Pesquisa iconográfica	Sílvio Kligin (coord.)
	Caio Mazzilli
Foto do autor	Marcelo Carnaval
Imagem de capa	istockphoto.com

CIP-BRASIL. CATALOGAÇÃO NA FONTE
SINDICATO NACIONAL DOS EDITORES DE LIVROS, RJ

A593L
11.ed.

Angelo, Ivan, 1936-
O ladrão de sonhos e outras histórias / Ivan Angelo. - 11.ed. - São Paulo : Ática, 2007. (Boa prosa)

Contém suplemento de leitura
Inclui apêndice e bibliografia
ISBN 978-85-08-10813-8

1. Comportamento humano – Ficção. 2. Sonhos – Ficção. 3. Conto brasileiro. I. Título. II. Série.

06-4064
CDD 869.93
CDU 821.134.3(81)-3

ISBN 978 85 08 10813-8 (aluno)
CL: 735693
CAE:212488

2021
11ª edição | 5ª impressão
Impressão e acabamento: Forma Certa

Todos os direitos reservados pela Editora Ática S.A., 1995
Av. das Nações Unidas, 7221 - CEP 05425-902 - São Paulo, SP
Atendimento ao cliente: 4003-3061 - atendimento@aticascipione.com.br
www.coletivoleitor.com.br

IMPORTANTE: Ao comprar um livro, você remunera e reconhece o trabalho do autor e o de muitos outros profissionais envolvidos na produção editorial e na comercialização das obras: editores, revisores, diagramadores, ilustradores, gráficos, divulgadores, distribuidores, livreiros, entre outros. Ajude-nos a combater a cópia ilegal! Ela gera desemprego, prejudica a difusão da cultura e encarece os livros que você compra.

EDITORA AFILIADA

Sempre uma surpresa

O surpreendente, o estranho, o inusitado, transformados em expressão da criatura humana – essa é a singular oportunidade que a leitura dos doze contos de Ivan Angelo reunidos neste volume nos oferece.

Os personagens podem ser um garoto-gênio que, incapaz de sonhar e talvez motivado pela inveja que tem dos que sonham, inventa uma máquina para gravar os sonhos dos colegas e revelar os seus segredos mais íntimos ("O ladrão de sonhos"). Ou um menino que, determinado a cuidar bem do passarinho que acabara de aprisionar, resolve morar num viveiro junto com ele, para sempre ("O lado de dentro da gaiola"). Ou um homem que, com todo o cuidado, carrega um cravo na mão em pleno centro da cidade grande e, sem que ninguém perceba, transforma as coisas ao seu redor ("Talismã"). Ou ainda um senhor que perde a memória e de repente se vê no aeroporto com uma mala e um violão, sem saber quem é, aonde vai e o que deve fazer ("Desligado").

Esses são apenas alguns exemplos de uma galeria de personagens que, na sua estranheza, no rompimento que produzem sobre a maneira amortecida como às vezes vivenciamos o cotidiano, tornam-se vigorosos.

Mas nas narrativas de Ivan Angelo não são apenas os personagens e as situações vividas por eles que surpreendem o leitor. Em seus contos, nunca está garantida a vitória do estereótipo do vencedor, nem das pressões sobre quem é ou quer ser diferente. Na verdade, nada sobre seus desfechos é garantido, porque em muitos deles se reserva ao leitor uma surpresa, um desenlace de grande impacto para fechar a história brilhantemente.

As falas dos personagens também são surpreendentes. Às vezes, dissimuladas nas entrelinhas, estão dizendo exatamente o contrário do que à primeira vista parecem dizer. E daí o inusitado se reveste de máscara e de ironia, de um significado que tem de ser observado com sutileza – até para se notar que, vez ou outra, o ser humano não é ou não consegue ser sincero nem sequer consigo mesmo. E em geral isso acontece quando está sob a ameaça de algum sofrimento, de uma perda, ou na premência de reconhecer a própria infelicidade, como se pode observar no conto "Vai".

É assim que temas, personagens e situações – que a princípio fogem do cotidiano – colocam o leitor em posição privilegiada para observar os recônditos da realidade e da alma humana. Entretanto, essa jamais será uma observação fria e racional, um exame de caso. Afinal, parece estar enraizada no autor uma certa compaixão solidária por essa mesma criatura que ele disseca e expõe ao leitor. Ou seja, o olhar com que Ivan Angelo ilumina os segredos da criatura humana, representada em seus personagens, é conduzido e regido pela ternura.

É por isso que, nos contos de *O ladrão de sonhos e outras histórias*, muitas vezes vamos nos surpreender encantados e enternecidos pelo insólito – e com muito prazer.

Os editores

Sumário

Negócio de menino com menina. 9

Vai. 12

Vai dar tudo certo 15

Vantagem. 22

A voz. 26

Tão felizes. 31

O lado de dentro da gaiola 36

Triângulo. 43

Meio covarde. 46

Desligado 50

Talismã 56

O ladrão de sonhos 60

Ivan Angelo com todas as letras

Biografia 72
Entrevista 73
Características da obra 77
Bibliografia 79

Negócio de menino com menina

O menino, de uns dez anos, pés no chão, vinha andando pela estrada de terra da fazenda com a gaiola na mão. Sol forte de uma hora da tarde. A menina, de uns nove anos, ia de carro com o pai, novo dono da fazenda. Gente de São Paulo. Ela viu o passarinho na gaiola e pediu ao pai:

— Olha que lindo! Compra pra mim?

O homem parou o carro e chamou:

— Ô menino.

O menino voltou, chegou perto, carinha boa. Parou do lado da janela da menina. O homem:

— Esse passarinho é pra vender?

— Não senhor.

O pai olhou para a filha com uma cara de deixa pra lá. A filha pediu suave como se o pai tudo pudesse:

— Fala pra ele vender.

O pai, mais para atendê-la, apenas intermediário:

— Quanto você quer pelo passarinho?

— Não tou vendendo não senhor.

A menina ficou decepcionada e segredou:

— Ah, pai, compra.

Ela não considerava, ou não aprendera ainda, que negócio só se faz quando existe um vendedor e um comprador. No caso, faltava o vendedor. Mas o pai era um homem de negócios, águia da Bolsa, acostumado a encorajar os mais hesitantes ou a virar a cabeça dos mais recalcitrantes:

— Dou dez mil.

— Não senhor.

— Vinte mil.

— Vendo não.

O homem meteu a mão no bolso, tirou o dinheiro, mostrou três notas, irritado.

— Trinta mil.

— Não tou vendendo, não, senhor.

O homem resmungou "que menino chato" e falou pra filha:

— Ele não quer vender. Paciência.

A filha, baixinho, indiferente às impossibilidades da transação:

— Mas eu queria. Olha que bonitinho.

O homem olhou a menina, a gaiola, a roupa encardida do menino, com um rasgo na manga, o rosto vermelho de sol.

— Deixa comigo.

Levantou-se, deu a volta, foi até lá. A menina procurava intimidade com o passarinho, dedinho nas gretas da gaiola. O homem, maneiro, estudando o adversário:

— Qual é o nome deste passarinho?

— Ainda não botei nome nele, não. Peguei ele agora.

O homem, quase impaciente:

— Não perguntei se ele é batizado não, menino. É pintassilgo, é sabiá, é o quê?

— Aaaah. É bico-de-lacre.

A menina, pela primeira vez, falou com o menino:

— Ele vai crescer?

O menino parou os olhos pretos nos olhos azuis.

— Cresce nada. Ele é assim mesmo, pequenininho.

O homem:

— E canta?

— Canta nada. Só faz chiar assim.

— Passarinho besta, hein?

— É. Não presta pra nada, é só bonito.

— Você pegou ele dentro da fazenda?

— É. Aí no mato.

— Essa fazenda é minha. Tudo que tem nela é meu.

O menino segurou com mais força a alça da gaiola, ajudou com a outra mão nas grades. O homem achou que estava na hora e falou já botando a mão na gaiola, dinheiro na outra mão.

— Dou quarenta mil, pronto. Toma aqui.

— Não senhor, muito obrigado.

O homem, meio mandão:

— Vende isso logo, menino. Não tá vendo que é pra menina?

— Não, não tou vendendo não.

— Cinquenta mil! Toma! — e puxou a gaiola.

Com cinquenta mil se comprava um saco de feijão, ou dois pares de sapatos, ou uma bicicleta velha.

O menino resistiu, segurando a gaiola, voz trêmula.

— Quero não senhor. Tou vendendo não.

— Não vende por quê, hein? Por quê?

O menino acuado, tentando explicar:

— É que eu demorei a manhã todinha pra pegar ele e tou com fome e com sede, e queria ter ele mais um pouquinho. Mostrar pra mamãe.

O homem voltou para o carro, nervoso. Bateu a porta, culpando a filha pelo aborrecimento.

— Viu no que dá mexer com essa gente? É tudo ignorante, filha. Vam'bora.

O menino chegou pertinho da menina e falou baixo, para só ela ouvir:

— Amanhã eu dou ele pra você.

Ela sorriu e compreendeu.

Vai

Quer ir? Vai. Eu não vou segurar. Uma coisa que não dá certo é segurar uma pessoa contra a vontade, apelar pro lado emocional. De um jeito ou de outro isso vira contra a gente mais tarde: não fui porque você não deixou, ou: não fui porque você chorou. Sabe, existem umas harmonias em que é bom a gente não mexer. Estraga a música. Tem a hora dos violinos e tem a hora dos tambores.

Eu compreendo, compreendo perfeitamente. Olha, e até admito: você muda pra melhor. Fora de brincadeira, acho mesmo. Eu sei das minhas limitações, pensei muito nisso quando tava tentando te entender. É, é um defeito meu, considerar as pessoas em primeiro lugar. Concordo. Mas não tem mais jeito, eu sou assim. Paciência.

Sabe por que eu digo que você muda pra melhor? Ele faz tanta coisa melhor do que eu! Verdade. Tanta coisa que eu não aprendi por falta de tempo, de oportunidade — ora, pra que ficar me justificando? Não aprendi por falta de jeito, de talento, essa é que é a verdade. Eu sei ver as qualidades de uma pessoa, mesmo quando é um homem que vai roubar minha namorada. Roubar não: ganhar.

Compara. Ele dança muito bem, até chama a atenção. Campeão de natação, anda de bicicleta como um acrobata de circo, é bom de moto, sabe atirar, é fera no volante, caça e acha, monta a cavalo, mete o braço, pesca, veleja, mergulha... Não tem companhia melhor.

Eu danço mal, você sabe. Não consegui ultrapassar aquela fronteira larga entre a timidez e a ousadia, entre a discrição e o exibicionismo, que separa o mau e o bom bailarinos. Nunca fui muito além daquela fase em que uma amiga compadecida precisava sussurrar no meu ouvido: dois pra lá, dois pra cá.

Atravessar uma piscina eu atravesso, uma vez, duas talvez, mas três? Menino de cidade, e modesto, não tive córrego nem piscina. É com olhos invejosos que eu o vejo na água, afiado como se tivesse escamas.

Moto? Meu Deus, quem sou eu. Pra ser bom nisso é preciso ter aquele ar de quem vai passar roncando na frente ou por cima de todo mundo — e esse ar ele tem.

Montar? É preciso ter essa certeza, que ele tem, de que cavalo foi feito pra ser domado, arreado, freado, ferrado e montado. Eu não tenho. Não tá em mim. Eu ia montar como se pedisse desculpas ao cavalo pelo incômodo, e isso não dá, não pode dar um bom cavaleiro.

O jeito como ele dirige um carro é humilhante. Já viajei com ele, encolhido e maravilhado. Você conhece o jeitão, essa coisa da velocidade. Não vou ter nunca aquela noção de tempo, a decisão, o domínio que ele tem. Cada um na sua. Eu troquei a volúpia de chegar rapidinho pelo prazer de estar a caminho. No amor também.

Caçar... Dar um tiro num bicho... Ele tem isso, a certeza de que o homem é o senhor do universo, tudo tá aí pra ele. Quem me dera. Quando penso naquela pelota quente de aço entrando no corpo do bicho, rasgando carne, quebrando ossos... Não, não tenho coragem.

Aí é que eu tou perdido mesmo, no capítulo da coragem. Ele faz e acontece, já vi. Mas eu? Quantas vezes já levei desaforo pra casa. Levei e levo. Se um cachorro late pra mim na rua, vou lá e mordo ele? Eu não. Mudo de calçada.

Outra coisa: ele é mais engraçado do que eu. Fala mais alto, ri mais à vontade, às vezes chama até um pouco a atenção mas... é da idade. Lembra aquela vez que ele levou um urubu e soltou na igreja no casamento do Carlinhos? E aquela vez que ele sujou de cocô de cachorro as maçanetas dos carros estacionados na porta da boate? Lembra que sucesso? Os jornais falaram por dias naquilo. Não consigo ser engraçado assim. Não tá em mim. Por isso que eu não tenho mágoa. Ele é muito mais divertido. E mais bonito também.

Vai.

Olha, não quero dizer que o que eu vou falar agora tenha importância pra você, que possa ter influído na sua decisão, mas ele tem mais dinheiro também, você sabe. Ele tem até, sabe?, aquele ar corajoso dos ricos, aquela confiança de entrar nos lugares. Eu não. Muito cristal me intimida. Os meus lugares são uns escondidos onde o garçom é amigo, o dono me confessa segredos, o cozinheiro acena lá do quadradinho e me reserva o melhor naco. É mais caloroso, mas não compensa o brilho, de jeito nenhum.

Ele é moderno, decidido. Num restaurante não te oferece primeiro a cadeira, não observa se você tá servida, não oferece mais vinho. Combina, não é?, com um tipo de feminismo. A mulher que se sente, peça o que quiser, sirva-se, chame o garçom quando precisar. Também não procura saber se você tá satisfeita. Eu sei que é assim que se usa agora. Até no amor. Já eu sou meio antigo, ultrapassado, gosto de umas cortesias.

Também não vou dizer que ele é melhor do que eu em tudo. Isso não. Eu sei por exemplo uns poemas de cor. Li alguns livros, sei fazer papagaio de papel, posso cozinhar uns dois ou três pratos com categoria, tenho certa paciência pra ouvir, sei uma ótima massagem pra dor nas costas, mastigo de boca fechada, levo jeito com crianças, conheço umas orquídeas, tenho facilidade pra descobrir onde colocar umas carícias, minhas camisas são lindas, sei umas coisas de cinema, não bato em mulher.

E não sou rancoroso. Leva a chave para o caso de querer voltar.

Vai dar tudo certo

Então o homem disse que lamentava muitíssimo. E ela:

— Por que eu?

O homem disse que alguém teria de ser despedido, alguém teria de ser escolhido para o corte e não havia uma resposta razoável para aquela pergunta. O país é que não era razoável. Cada uma das quatro pessoas que trabalhavam no grupo de criação com ela quereria saber a mesma coisa se fosse despedida.

— Fui sorteada, é isso?

Notou que as mãos dele tremiam e achou injusto que seu destino estivesse entregue a pessoa tão insegura. Claro que não, a empresa não é tão irresponsável, disse o homem no seu sotaque de gaúcho. Ela entendeu: com isso ele passava a responsabilidade pela demissão dela para a empresa. E ainda defendia todo o sistema.

— Então houve um critério. Qual foi?

Ouviu sua própria voz cercando, acuando, lógica — como fazia nas reuniões —, embora não pretendesse ser agressiva. Sentiu que ele ia escapar do emocional por essa porta. Critério? Dinheiro, ele disse, agora cínico, já fora do domínio dela ou livre do sentimento de culpa, explicando que a empresa precisava do salário dela para rolar uma dívida, até a situação do país melhorar. Ali, na sala dele, diante do retrato do filho dele em uniforme de futebol, dos diplomas e estatuetas dos prêmios, do interfone direto com o presidente, da grande cadeira de braços, ela sentiu que havia errado na dose. O telefone tocou e ele não deu tempo para que tocasse de novo. Sei, sei, ele dizia, bota na linha, fazendo para ela um gesto de impossível evitar, e ela ia se sentindo descartada, figurante do show dele.

— Eu não vou sair daqui sem uma explicação.

Ah, a cara do homem, ela teve ódio daquela cara. O ar dele, entre escandalizado e satisfeito por ela ter chegado a esse ponto de humilhação, deu a ela a medida do próprio erro. Compreendeu depressa, mas já tarde, que não precisava das explicações daquele homem para se recolocar no mundo. Já tarde porque não podia eliminar aquela cara de vitória — não podia fazer de conta que ela não tivesse existindo nem que não a tivesse visto. Ódio! Esticou para ele o dedo médio, dobrando o indicador, o anular e o mínimo, e saiu, vingada pela cara de espanto dele.

Precisava de um lugar para se recompor: o banheiro. Com que cara ia enfrentar a filha, os amigos, o ex-marido? Como corrigir essa ideia de derrota que a demissão passaria para os outros? Trancou a porta, fez um xixi em vez de chorar, caminhou até o lavabo, evitando olhar-se, lavou as mãos, enxugou-as, abriu a bolsa, apanhou uma bisnaguinha de creme, evitando olhar-se, espremeu um pouquinho na palma da mão, fechou o tubo, guardou-o na bolsa, evitando olhar-se, espalhou vagarosamente o creme nas mãos e se enfrentou de repente no espelho, disposta a toda a verdade. Lá estava Berthe, Berta para os amigos, a filha de alemães, 37 anos, mãe aos 21, publicitária, diretora de arte aos 30, divorciada aos 34, lá estavam as pequenas rugas nos cantos dos olhos, a jaqueta no dente incisivo esquerdo, o nariz reto e um pouco mais comprido do que gostaria, mas também o cabelo de um louro brilhante e olhos azuis luminosos. O pescoço —

testou com a mão a elasticidade da pele — estava bem. Ombros alemães, camisa de seda linda insinuando a lingerie cara, chique — fazia questão — que envolvia o busto alemão ligeiramente mais baixo que os brasileiros, mas bonito. Os homens gostavam. Afastou-se um pouco para ver o porte, o perfil, a linha do corpo. Fina, elegante. Ah, ainda tinha muito chão pela frente. Começava a sentir-se bem, tranquilizada. Audaciosa, arriscando-se na procura de novas certezas, levantou a saia até a cintura, virou-se de lado, de costas, olhou as coxas e a bunda. Firmes. Esta não é a última agência do mundo, pensou, e eu tenho nome, conceito, me procuram. Amassou o quase imperceptível culote perfeitamente aceitável. "Vai dar tudo certo." Abaixou um pouco a calcinha, bateu com os dedos na barriga lisa e firme pela ginástica diária — nem uma estria, apesar da filha —, se arrumou e mandou o homem à merda. Tranquila.

Tirou a maquiagem um pouco pesada que usava em torno dos olhos enquanto contabilizava três e meio convites recebidos ultimamente para trabalhar, contando um deles pela metade porque achava que era cantada disfarçada, e passou uma base leve, uma sombra suave, um delineadorzinho discreto, sorriu, achou-se bonita, corajosa, segura, saiu do banheiro, ouviu o plim do elevador, correu, dobrou o corredor, entrou no elevador com a porta já se fechando e ao mesmo tempo percebeu que estava lá dentro sozinha com o homem que a despedira.

Pensou rápido: são quinze andares, quinze segundos. O impulso de indignação havia passado. A possibilidade de outro emprego e outros desafios animava-a. Tudo bem, que são quinze segundos? Podia até despedir-se dele educadamente lá em baixo, tapa de luva. De repente o elevador fez crac, sacudiu e parou. O homem murmurou ai, meu Deus e mexeu nos botões, no PO de porta, nada; na seta de descer, nada; na seta de subir, nada; no vermelho de emergência, e — oh, graças a Deus — soou uma campainha em algum lugar. Tocou mais, nervosamente, até que uma voz gritou que ficassem calmos porque já estavam providenciando.

Pela primeira vez olhou diretamente para o homem ali dentro. Constrangido, incomodado. Ele murmurou algo parecido com que coisa chata, tchê e ela não soube se ele se referia ao elevador ou à demissão. Mais provável que fosse ao elevador porque não acreditava que ele tivesse coragem de conversar ali sobre as demissões, longe do telefone e da fotografia do filho em uniforme de futebol. Podia ser que não estivesse constrangido, parecia angustiado. Talvez mais pálido do que sempre. Fobia de elevador parado? Pensou, de repente perversa, que, se ele evitava o assunto da demissão, era ali que deveria falar dele. Olhou-o de frente, com audácia e despudor.

— Você me despediu foi porque me acha antipática?

O homem olhou o relógio, gesto que ela interpretou gostosamente como impaciência diante da ousadia dela. Queria ser incômoda mesmo. Pressionou:

— Foi?

Ele disse que não, ela não era antipática. Alguém fez um barulho nos cabos do ascensor e ele olhou depressa para cima. Ela teve certeza: é fobia de elevador. Às vezes ela era difícil, mas antipática, não, ele completou numa fala cheia de "tu é" gaúchos, misturando pronomes da segunda pessoa com verbos na terceira. Difícil porque eu nunca pensei com a cabeça deles, só com a minha, ela concluiu. Percebeu logo que estava se adulando, mas permitiu-se, carente, justificando-se: mulher precisa de um pouco de adulação, nem que parta dela mesma. E homem? Meu Deus, como eles se valorizam! Essa máfia!

— Foi porque eu sou mulher?

Visivelmente atingido. Sacudindo a cabeça, o homem recusou a hipótese como se lamentasse que ela tivesse sido feita, lábios apertados. O gogó dele subiu e desceu, engolindo a fala ou a indignação. Ou seria medo dela, um pouco de medo dela, um pouquinho só?, pensou deliciada. A mão direita dele, que tremia ao despedi-la, estava agora fechada com força — para um murro?! — enquanto a outra apertava a pasta a ponto de as unhas ficarem brancas. Se tomasse um soco seria a glória, ela pensou: despedida e agredida pelo babaquinha — quer fofoca melhor na praça?

— Você não gosta das mulheres, gosta?

Temerária, joana d'arc avançava sobre as linhas inimigas esperando o contra-ataque. Queria provocar aquele soco, completar o dia, fazer o homem perder qualquer razão. Ele seria capaz? Estava há menos de dois anos na agência em São Paulo e profissionalmente era tão vaidoso, inseguro, superficial, cínico, oportunista, pirata de ideias e pragmático quanto qualquer um naquela profissão. Pessoalmente não sabia quase nada sobre ele, só que era gaúcho militante, casado, tinha um filho de nove anos e estava ali dizendo, visivelmente abalado e surpreso com a audácia dela, que não era nada disso, nada disso.

— O que é, então? É porque eu sou melhor do que você? É porque você sabe que metade daqueles prêmios que estão lá na sua sala são mais meus do que seus?

Sentiu-se até meio cansada por ter ido tão longe. Olhou o peito porque um pouco de suor umedecia o sutiã entre os seios. Lamentou que aqueles sinais externos de emoção começassem a aparecer. Queria ser racional e masculina para achatar o babaquinha presunçoso. Olhou para ele de novo e levou um grande susto. Ele estava chorando.

Paralisada, cercada por cristais. Paralisada para não quebrar nada, não derrubar, não balançar. Imóvel, sem possibilidade de fazer mal a ninguém. Até respirar ela respirava só o necessário para manter-se viva. Enquanto isso procurava no seu estoque de palavras alguma coisa razoável para dizer. Era pobre, pobre nessas horas. Se fosse com a filha trocaria palavras por abraços. Mas. Mas. Mas! Repassou as perguntas que havia feito, nada que provocasse uma reação daquelas. Ensaiou: que é isso, Castor, esquece, vamos esquecer isso tudo, desculpa, não é o caso, deixa pra lá, me desculpa se te ofendi — e não disse nada porque estava só ganhando tempo antes de ter coragem de se meter na vida dele. Sabia que o homem não estava chorando por causa do que ela havia dito. Foi ele quem falou primeiro.

— Eu te despedi foi por causa das tuas qualidades, não dos teus defeitos.

Ele olhava para a porta do elevador, não para ela.

— O mercado de trabalho está muito ruim, e é mais fácil pra ti arranjar emprego do que pra outros. Tu tem convites, boa estampa. Tu é competente. Eu ia dizer isso lá em cima, mas tu estragou tudo com teu jeito difícil e já não me deu vontade de explicar nada.

Estava disfarçando, ela pensou, estava contornando o assunto na sua fala de gaúcho, envergonhado, disfarçando porque não fora aquilo que o fizera chorar. O nariz e os olhos dele estavam vermelhos, escorriam. De vez em quando passava as costas da mão no nariz, enxugando-se. Ela estendeu-lhe um lenço de papel que ele aceitou e não usou, talvez distraído. Ela já não suportava não saber o que dizer, ainda transitando da indignação para a pena, afobadamente avaliando se não esteve equivocada o tempo inteiro, e então ele falou de novo, dando um soco na porta.

— Não é certo isso. Tem de dar uma explicação.

Assustou-se com o descontrole dele. Não aguentava mais tanta intimidade com um homem que mal conhecia. A qualquer momento teria de abraçá-lo!, pensou alarmada. E esse elevador, por que não consertam logo a porcaria desse elevador?, irritou-se, procurando uma salvação, tentando livrar-se de ter de perguntar com calor de mulher: o que foi, Castor, você tá com algum problema, me fala — não queria, mas agora era tarde, porque já havia perguntado.

— Eu fui despedido, Berta.

Meu Deus, ela pensou assustada, eu vou ter de cuidar desse homem.

— Por telefone. Naquele telefonema quando tu estava na minha sala.

Presa ali com ele imaginou o que ia acontecer, viu direitinho o que ia acontecer. Ele ia falar do filho, da foto que estava levando de volta ali dentro da pasta, ela ia ter pena daquele cara cheio de tus e tis sozinho entre feras paulistanas, iam consertar afinal a porcaria do elevador, libertá-la das dificuldades dele, na porta do prédio ela ia dizer se anime, vai dar tudo certo, ia deixá-lo ali plantado no meio da Avenida Europa, depois ia voltar arrependida com pena do cara, ia dizer vou te pagar um drinque ali na Baiuca, ia dar umas dicas pra ele, ia dizer cara, como você tá perdido, iam falar demais, beber demais, se consolar, iam pra cama, iam ter um caso, a maior confusão, iam casar e quem sabe ser felizes.

O elevador andou de repente. O homem se reorganizou, limpou os olhos e o nariz com o lenço que ela havia dado e guardou-o embolado na mão. Saíram do elevador, do prédio. Soprava um ventinho frio de outono. Ele falou desculpe como quem diz até um dia.

— Se anime, ela disse. Vai dar tudo certo.

Vantagem

O homem vinha contornando a Lagoa Rodrigo de Freitas pensando no banho morno e na cama. Chegava a sentir na pele suada o abraço água do banho; nas costas, a frescura lençol da cama. Dirigia devagar, numa velocidade que ajudava a sonolência, pois não precisava ficar muito atento. Àquela hora, onze e meia da noite, nem precisava prestar muita atenção, o pouco movimento da avenida permitia divagações de um homem cansado em torno do tema banho-cama. Entrou na sua rua, passou pela padaria ainda aberta, pensou em comprar um sorvete para a sua mulherzinha grávida, mas o cansaço falou mais forte do que o carinho. Chegou ao edifício, guardou o carro na garagem, fechou, entrou no elevador, apertou o botão do quarto andar — aaaaah!, antecipava os prazeres —, abriu a porta do apartamento e sentiu-se, apesar de fatigado, feliz. Ouviu a voz da mulher:

— Estou aqui, bem.

Uma mulher nova, linda, grávida e sua. A voz vinha da sala de TV. Foi até lá, beijou-a de levezinho nos lábios, olhou o título do livro que ela lia e falou:

— Bom, vou tomar um banho. Estou morto de cansado.

— Escuta, bem, você não se importa? Eu estava aqui morrendo de desejo, esperando só pra isso: vai comprar um sorvete pra mim, vai?

— Ah, essa não! De jeito nenhum. Deixa pra amanhã bem.

E saiu para não ouvi-la insistir. Abriu o chuveiro, foi tirando a roupa enquanto ouvia o barulho gostoso da água, entrou no banho. Aaaah! Mas o prazer completo do banho fora estragado pelo pedido da mulher — ele sabia e tentava ainda fingir que não. Outras vezes já dissera a ela que essa história de desejo era invenção de mulher grávida, ela contradizia que ele nunca tinha ficado grávido para saber. Terminou o banho sentindo frustrado aquele primeiro prazer.

A mulher continuava na sala de TV e de lá vinham soluços espaçados, como suspiros. Ela chorava, constatou com preguiça, com a revolta calma de quem vai ter de ceder para evitar um desgosto maior. Na cabeça, adiou o prazer da cama. A vida de casado é feita de renúncias, pensou.

Em vez de pijama vestiu camisa limpa, calça, sem a cueca, justificando-se: é só um pulinho até a padaria, dando-se como compensação aquela pequena ruptura de normas. Calçou chinelos, botou a carteira no bolso de trás, passou pela sala de TV, acariciou rapidamente os cabelos da mulher e saiu. As mulheres grávidas ficam manhosas, pensou, gostam de valorizar a barriga. E elas não precisam disso. A gente já vive diminuído com esse poder delas. Consolou-se: só faltam três meses.

A raiva, a revolta, o quase ódio que sentiu contra ela e a barriga nasceram a pouco mais de cem metros do prédio, na rua deserta, quando um homem louro, fedendo a suor e cerveja apontou um revólver para a sua barriga.

— Passa o dinheiro.

— Não tenho, não trouxe. Olha aí, saí de casa de chinelos só pra pegar um sorvete na padaria pra minha mulher. Eu tenho conta lá. Ela tá esperando menino, tá com desejo. Olhaí, saí até molhado.

O assaltante olhou os cabelos do homem, os pés. No rosto de barba por fazer, a hesitação diante do inesperado. Talvez a cerveja o tornasse mais lento. Decidiu-se:

— Me dá essa roupa.

O homem hesitou. No bolso de trás estava a carteira com todo o dinheiro do aluguel. E não sabia o que era pior: a perda do dinheiro ou o ridículo de ficar inteiramente nu no meio da rua, sem cueca.

— Tira logo a roupa, bostinha!

O revólver não admitia hesitações.

— Viadinho, heim? Nem cueca não usa.

Aguentou calado, humilhado. O assaltante também tirava a roupa, atento, um jeans surrado e encardido que não via água há muito tempo, camiseta do Vasco, e foi vestindo a do homem, sem se descuidar do revólver, calças de butique, camisa de colarinho cheirando a sabonete. Desprezou os chinelos, enfiou de novo o par de tênis. Lá da esquina começaram a vir sons de vozes, dois homens se retiravam ruidosos da padaria. O homem quis gritar por socorro, o assaltante percebeu e apontou a arma para a sua cabeça. Morto e nu, essa não. Procurou ver, aflito, se os homens vinham na sua direção, e quando olhou de novo o bandido já se afastava, correndo. Ia correr nu atrás do homem, arriscando levar um tiro? Gritar, nu, por socorro? Impotente, poupando-se da nova humilhação, enfiou às pressas as calças que o assaltante deixara no chão e correu para o prédio.

Pegou direto o elevador, segurando o impulso de esmurrá-lo de raiva, saiu e realizou o desejo de esmurrar batendo na porta do próprio apartamento, gritando o nome da mulher, ansioso por jogar-lhe na cara: viu, a culpa é sua! Ela abriu, surpresa e assustada diante da barulheira insólita àquela hora da noite.

— Olha aí, sua idiota, o que foi me arranjar! Me assaltaram!

Explicou exaltado o acontecido, colocando todo o drama da história na perda do dinheiro do aluguel, na impossibilidade de pagar o apartamento.

— Por sua culpa!

A briga ameaçava tornar-se definitiva.

— Para de gritar como um idiota e tira logo essa imundície do corpo.

O casamento foi salvo quando ele tirou as calças que foram do bandido, só então com tempo para sentir nojo, pegando-as pela barra com dois dedos para jogar no lixo, e do bolso de trás caiu um bolo de notas altas de reais e de dólares, muito mais do que o dobro do dinheiro do aluguel. Com certeza, produto de outros roubos...

A voz

Naquele momento em que o jantar familiar termina, quando um após outro descansou seu talher e ninguém teve ainda ânimo para se levantar, a mãe e a filha tomando coragem para lavar a louça mais uma vez, o pai e o filho saboreando sua inutilidade diária após o trabalho, naquele momento de intimidade, silêncio e preguiça em que a família alimentada estuda seu próximo movimento, o telefone tocou. A mãe, o pai, o irmão não atenderam e no terceiro toque Débora levantou-se.

— Alô.

— Helena?

— Não, não é Helena.

— Helena não está?

— Aqui não tem Helena.

Ficou esperando para desligar. O homem do outro lado da linha não se resolvia. Provavelmente telefonava com frequência para uma Helena e o engano parecia tê-lo paralisado.

— Será que disquei errado? Isso nunca me aconteceu.

Alguma coisa havia despertado Débora, interrompendo a letargia do jantar, e ela não sabia o que era.

— Nunca? Você deve ser a única pessoa que nunca discou errado.

— Quer dizer: nunca ao ligar para esse número.

— Mas você nunca ligou para o meu número.

Débora estava de repente esperta demais para ele.

— Quer dizer: nunca me enganei ao ligar para o número que eu pretendia ligar.

— E você sabe para qual número ligou?

— Não.

— Mas sabe para qual ia ligar.

— Claro.

— Então você não está perdido.

— Não, não estou.

— Tudo de bom, então. Boa noite.

— Boa noite. Qual é seu nome?

— Débora.

— Boa noite, Débora.

Assim que desligou e sentou-se de novo à mesa, Débora foi tomada por uma íntima euforia. Por que estava se sentindo tão bem? Um calorzinho agradável inundou seu corpo e adivinhou que a causa era a voz do homem. Uma voz tão gostosa, lembrou-se, e começou a sentir falta dela. Nos seus quase vinte anos, Débora havia acumulado alguns enganos e desenganos com rapazes. Atualmente estava dando um tempo, esperava em casa que alguma coisa acontecesse. Aconteceu aquela voz. E ela pensou: tomara que ele se engane de novo.

Logo, logo um engano não a satisfazia como perspectiva. Queria que ele ligasse para falar com ela. Se ele sentiu a mesma coisa que eu, vai ligar, pensava, ajudando a mãe a lavar os pratos. Se ele conseguiu se lembrar do meu número, vai ligar, esperava, estudando direito constitucional para a aula da manhã seguinte. Ele está até agora tentando todas as combinações possíveis para falar comigo, sonhou, antes de adormecer.

Após as aulas do dia seguinte não teve cabeça para conversas e planos de porta de faculdade. Correu logo para casa. Nada. Se ele ligar, vai ser na hora do jantar, pensou, e transferiu sua esperança para as oito horas da noite. Tentou recriar a voz na memória. Lembrou-se de que ele abria, não muito, o primeiro "e" de Helena, que ela pronunciava mais fechado. O "r", um pouco, um nada, mais longo no final dos verbos — "ligar", "quer", "dizer", repetiu, tentando imitar —, mas não duro, não gutural: o "r" dele vibrava um pouco na ponta da língua. A voz, volumosa, quente, como a de um barítono, não se elevara nem uma vez. A cadência, calma, gostosa, mesmo quando ela o provocara, indicava paciência, autocontrole. Soava como de adulto, mas jovem. Parecia divertir-se com a petulância dela. Helena foi uma preocupação que Débora deixou para depois. Quem seria?: noiva, irmã, amiga?

Oito horas da noite. Nada. Nove. Nada. Quantas combinações seriam necessárias para ele acertar o número dela novamente? Fazia as contas, ouvido atento na possível, esperada campainha. Sete algarismos tinha o número do seu telefone, sete vezes seis, vezes cinco, vezes quatro, vezes três, vezes dois: igual a 5.040. Sua chance seria de uma em 5.040 ligações que ele pudesse fazer, combinando os algarismos do seu telefone. Naquele dia do engano, se em vez de mudar algarismos de posição ele tivesse introduzido um novo algarismo para chegar ao número dela, o raciocínio teria de ser diferente. Teria de combinar oito algarismos em vez de sete, e sua chance caía para uma em 40.320 — ai, meu Deus. E como ele não saberia qual algarismo teria introduzido e qual teria retirado do número de telefone de Helena para chegar ao dela, poderia ser qualquer um de 0 a 9, e nesse caso teria de combinar um algarismo de cada vez com o número de Helena, ou seja, dez vezes 40.320, o que daria 403.200. Ele teria uma chance em 403.200 de encontrá-la! Se ele, apaixonado pela voz dela, fizesse mil ligações por dia, poderia levar até 403 dias e algumas horas para encontrá-la

— ai, meu Deus. Débora se preparou para esperar mais de um ano. Não queria nem pensar se ele tivesse trocado dois algarismos.

Depois de dois dias de espera, decidiu dar uma ajudazinha ao destino. Quem sabe a sorte... Trancou-se no quarto e ligou seguidamente para números parecidos com o seu, primeiro invertendo os últimos algarismos, depois os do meio, os do começo, depois substituindo um algarismo por outro — sempre perguntando por Helena. Até que: "É ela". É ela! Com o coração na boca, Débora não sabia o que perguntar. A única coisa que poderia perguntar seria um absurdo: a senhora conhece um homem que tem uma voz bonita e vibra um pouco a língua no "r" e diz "Helena" com o primeiro "e" aberto? Do lado de lá Helena insistia em alôs. Nunca se perdoaria se não tentasse.

— É Débora Gomes que está falando. Eu estou tentando localizar uma pessoa e não sei se a senhora pode me ajudar.

— Se eu puder.

— É que eu vendo enciclopédia. Essa pessoa ligou aqui para casa por engano, procurando por Helena, está entendendo?, e no meio da conversa eu ofereci a obra em condições especiais e ela se interessou. Mas aí a linha caiu e então eu estou tentando localizar a pessoa, ligando para números parecidos com o meu. A senhora pode me ajudar?

— Como é o nome da pessoa?

— Aí é que está: não sei. Ele não chegou a me passar os dados. Só sei que ele tem uma voz, assim, cheia, bonita, e fala Helena com um "e" meio aberto.

— Não, não conheço. Só se minha filha conhece. Quer que eu pergunte?

— Não, obrigada. Eu vou tentar outro número.

Nenhuma das outras duas Helenas que ouviram a história conhecia aquela voz. Débora resolveu descansar, deixar que ele fizesse o resto.

No fim de uma semana estava cansada de tanta espera. Não deixara um dia de estar em casa todas as tardes e noites. A mãe, a seu pedido, montava guarda pelas manhãs. Na noite do sexto dia tentou novamente ajudar o destino com uns telefonemas, sem sucesso de Helenas. A voz vibrava erres na sua lembrança e naquela noite ela chorou de impaciência.

No dia seguinte mudou de tática: saiu à tarde para o shopping, tomou sorvete, riu da sua loucura com uma amiga, telefonou para casa avisando que iam ao cinema, divertiu-se com uma comédia, voltou sentindo-se melhor. Não, a mãe disse, ninguém telefonou, esquece isso. Débora achou mesmo que era melhor, embora ainda não tivesse forças para desistir. Helena seria noiva, namorada dele, talvez até mulher. Absurdo se amarrar nisso, pensou, de novo lúcida. Esquece, esquece, esquece isso.

Preparava-se para dormir quando o telefone tocou, ela disse alô, perguntaram quem fala, ela disse Débora e ouviu aquela voz maravilhosa dizer: oi Débora, desta vez não é engano.

Tão felizes

—Ai, querido, querido, querido. Que bom que você acordou. Dor de cabeça? Não levanta, não levanta. Eu trouxe uma água mineral magnesiana, ótima pra depois de festa. Toma. Toma aos golinhos, sem pressa. Isso. Toma a garrafa inteira, tá? Ai, como você tava engraçado ontem. Aquela sua imitação de destaque de escola de samba no alto de carro alegórico, olha, tava de matar. Nunca soube que você reparasse nessas coisas. Ai, ficou tão engraçada aquela coisa de você durinho como um boneco acompanhando o sacolejar do carro, e tentando sambar enquanto segurava a barra de proteção com uma mão, o enfeite de cabeça com a outra. Ai, meu Deus, tava im-pa-gá-vel. Não sabia desse seu talento de ator. É mais um, né. Você deve lembrar, isso foi logo no começo, você ainda não tinha bebido quase nada. Quase, né. Porque também você está cada vez melhor nisso. Bebe, bebe, fica assim alto, alegre, mas bêbado caindo, nunca. Ai, meu Deus, e foi tão engraçada aquela anedota que você conta sempre. Aquela da mulher que telefona pro marido pedindo pra ele levar comida. Ai, como você conta bem essa piada. Olhe que eu já ouvi essa história umas quinze vezes e pra mim é sempre como se fosse a primeira vez. Quando tá inspirado, cada vez você acrescenta um detalhe engraçado nela, aumenta o suspense pelo final. E ontem você tava inspiradíssimo, com a corda toda. Quinze minutos de relógio! Aquele seu jeito no final de imitar o cara chegando já de manhã ao apartamento tangendo uma quantidade de escargôs como se fosse uma manada, ai, foi muito muito engraçado, foi demais. Você podia estar na televisão, me disseram. As mulheres te adoraram. Também, do jeito que você trata qualquer mulher, como se fosse uma princesa, todo todo, gentileza aqui, gentileza ali, quer que eu te sirva, deixe que eu apanho. Não tou falando por ciúmes, você sabe que eu tenho a maior confiança em você. Eu até gosto, para elas terem inveja de mim. No começo da festa, tinha uma no toalete, aquela socialite Marilda, Marilda Bentes, falando pra outra que você era o melhor homem da festa, pena que tivesse bebido um pouco. Ela é tão linda, não é? Eu acho. Todo mundo diz que ela é uma devassa, não sei, mas que é bonita, é. Melhorou, meu bem? Espera um pouco mais. E a conversa durante o jantar? Você foi brilhante, bri-lhan-te. Não deixou o general Rangel falar, com a maior delicadeza, pedindo perdão, licença, e pá: massacrou ele provando que o Japão chegou ao que é porque não tem gastos militares. Eu tive um pouco de medo de que a mamãe se aborrecesse porque a sopa estava ficando fria, todo mundo esperando a discussão terminar, porque, afinal, o general era o homenageado, mas você soube interromper na hora exata com aquela frase — é de um romance, não é?, parece de um romance —, mostrando o prato com um gesto de mão assim elegante: "Me perdoem, estou interrompendo a maior das eloquências…" Ah, foi o máximo. Achei tão fino! Onde é que você aprende essas coisas? Parece que ensaia, de tão certo que dá. Está melhor agora? Toma mais água magnesiana. Você não tomou nem a metade. Toma, toma tudo. Quê que eu tava falando? Ah, que tudo dá certo com você. Mas não é? Quando você foi

dançar com a, a coisinha, gente, aquela, a Mani! Pensei
que não ia dar certo, porque tinha outros pares dançando
e, por maior que seja o salão de mamãe, o espaço não dá
para um dançarino como você junto com outros. Não sei
como é que você faz: você foi abrindo espaço, abrindo,
todo mundo foi parando, parando, e no fim só ficaram
vocês. Acho que eles pararam foi para assistir, só pode
ter sido. Eu nem gosto de dançar com você, você sabe,
que não consigo acompanhar, acho sempre que estou
atrapalhando. Mas a Mani, olha, que bailarina. É verdade
que muitas vezes ela parecia apavorada, mas para mim
foi um balé de cinema. Eu achei. Ela ligou pra cá tem
meia hora, disse que teve de enfaixar um tornozelo hoje
de manhã, vê só que chato. É, disse que ontem o pé dela
ficou preso debaixo do seu, acho que ela deve ter errado
o passo, justo na hora que você girou o corpo dela numa
pirueta. Eu nem vi isso. Posso dizer, sem ciúme nenhum:
vocês estavam lindos, um par de cinema. Quem parecia
que não estava gostando nada era a Marilda Bentes. Uma
cara de inveja… Acho que foi a única pessoa que riu na
hora que vocês caíram. Me falaram, quer dizer, não fico
dando ouvidos a fofocas, mas me falaram que ela era sua
fã antes de nos casarmos. Era? Se era, deve ficar mordi-
da com a nossa felicidade, com a sua desenvoltura numa
festa, dando atenção pra todo mundo. Não sei como você
arranja assunto pra tanta gente diferente. A aula, aquilo
foi uma aula, a aula que você deu pra aquele pintorzinho
pedante, aquele que ganhou a Bienal uns anos atrás, como é o nome dele, nunca me lembro do nome desses
japoneses, ah, deixa pra lá. A aula que você deu pra ele
sobre como que uma escola de pintura foi nascendo da
outra, nossa! Todo mundo ficou assim, ó: queixo caído.
Eu não sei onde você aprende essas coisas, como que ca-
be tanta coisa na sua cabeça. E o pedante ainda ficou com
aquele sorriso de japonês a olhar pra você, não entendendo nada. Tá melhor, meu amor? Dormiu de novo? Dormiu? Só mexe a cabeça de levezinho se não dormiu. Tá
bom, então fica com os olhos fechados, é melhor mes-

mo. Você vai ver, a água magnesiana já está fazendo efeito, daqui a pouco passa. Vou falando baixinho pra você dormir. Hoje é domingo, pode dormir à vontade. Não vai ter papai pegando no seu pé, quer dizer, no meu pé, me falando aquelas coisas desagradáveis. Ele não faz por mal. É a idade, aquele desgosto de não ter um filho pra assumir a empresa dele. Quer dizer, é nossa também, né, tá no contrato de casamento. Fica magoado com a gente, não aceita que você tenha outros sonhos, goste de viajar, de festas, carro importado. No fundo também é um pouco de inveja de você, porque ele nunca aproveitou a vida, só trabalhou, só sabe falar de mineração. Você não. Ontem, por exemplo, você não deixou surgir um buraco na conversação, não deixou dar aquele branco que faz as pessoas ficarem sem graça. Sempre que alguém tinha uma coisa pra dizer você ajudava, ia conduzindo a ideia de modo que a pessoa pudesse exprimir exatamente o que pensava. Ninguém fica perdido procurando uma palavra perto de você. É incrível. A história de quando você era pequeno e fingiu que engoliu um alfinete de mola pra não ir à aula quase fez o general chorar de tanto rir. Uma semana de quarentena, esperando — saiu?, não saiu?, abriu o alfinete lá dentro!, não abriu — ah, foi demais. E as brincadeiras que você fez comigo! Mais pro final da festa — você já tinha bebido um pouco — quase que eu encabulei quando você ficou imitando meu jeito de falar ao telefone. E depois, aquela história toda de que eu persegui você pra casar, foi a única coisa que eu não gostei, porque não é verdade. Foi tudo por amor, todo mundo corre atrás daquilo que quer, não é? Agora, quando você falou que o padre pediu as alianças e você tirou do bolso um par de algemas, todo mundo viu que era piada, mas se você não soubesse dar aquele tom exatinho de brincadeira eu ia ficar magoada. Ainda bem que você deu o tom certo. Porque nessas horas sempre tava por perto aquela gulosa da Marilda, rindo, te comendo com os olhos. A Mani me disse naquele telefonema de hoje de manhã que vocês foram apaixonados, por isso que ela tava rindo das suas brincadeiras. Claro que eu não acreditei, senão você teria me contado, não é? Não é, querido? Dormiu? Disse que o pai dela não queria ver seu nome nem em anúncio fúnebre. Vê se isso é coisa que se diga. Grossa. E é fofoqueira: disse que a outra casou mas sai com todo mundo porque não é feliz no casamento, ainda pensa em você. Vê só. Se sai é porque é galinha — nem sei se sai, não conheço. Mas você fez tudo tão bem-feito que, no fim, todo mundo ficou achando que nós somos o casal mais feliz do mundo. Ah, querido, nós somos, não somos? Não somos? Amor! Que é isso, amor, você está chorando?

O lado de dentro da gaiola

Do seu galho de árvore, o curió olhava o trabalho do menino.

Sentado no chão, no amplo quintal, o menino cortou em pedaços, com uma faca, algumas varas de bambu. Eram cortes medidos a palmos e dedos, em tamanhos decrescentes, de dois em dois pedaços iguais. Escolheu os dois maiores e amarrou dois pedaços de barbante do mesmo comprimento nas pontas dos bambus, ligando um ao outro. Depois girou um dos bambus em meia-volta e os cordões formaram um grande "X". Apoiou cuidadosamente aquele xis no chão, segurou com dois dedos a interseção dos barbantes, levantou-a, aproximando um pouco as varinhas de bambu presas a eles, e quando achou correta a distância entre elas apanhou duas novas varinhas, as maiores, e deitou-as sobre as pontas amarradas das primeiras, por entre os barbantes. Depois catou entre as restantes as duas maiores e deitou-as sobre as anteriores, e assim foi, botando os pauzinhos em ordem decrescente, tendendo para uma cúpula, armando uma espécie de cabana de madeira em miniatura. No final, tensionou a amarração dos barbantes encaixando os pedacinhos menores de bambu e fechando completamente a cúpula. Estava pronta a arapuca.

O curió chamou:

— Ô menino.

O menino, distraído, não ouviu o canto do curió. Pensava num canarinho que havia sumido. Não tinha um canarinho que cantava igual ao meu por aqui. Ensinado. Soltava pra dar uma voltinha, daí a pouco ele voltava e pousava no meu ombro. Era a coisa que eu mais gostava, de tudo que eu tinha. Esse que eu vou pegar não vou soltar, não, vai ficar na gaiola.

O curió falou de novo:

— Escuta aqui, ô menino.

O menino trabalhava atento só no que fazia. Amarrou a ponta de um rolo de barbante no meio de uma pequena forquilha de pau que deixou ao lado da arapuca e foi dando corda até chegar à porta da cozinha, longe. Deixou o rolo na escada e entrou lá para dentro.

O passarinho olhava aquele trabalho complicado demais para sua cabeça de vento. Talvez quisesse compartilhar o bonito dia com animais de outra espécie, até mesmo com um menino, criaturas instáveis que costumam atacar da maneira mais imprevista.

O menino voltou com um canequinho na mão, foi até a arapuca, levantou-a e despejou debaixo dela um pouco do conteúdo do canequinho, fubá grosso, e ajeitou ao lado meio jiló, iguarias de passarinho.

— Ô menino, olha aqui — falou de novo o curió.

Depois o menino, concentrado no que fazia, pegou a forquilha de pau que estava amarrada ao barbante, fincou-a de leve no chão, ergueu um dos lados da arapuca, apoiou-o na forquilha, que o manteve erguido, limpou os arredores, carregou canequinho, faquinha e os restos do trabalho, foi lá para a escada da cozinha e ficou na espera. O que ele queria pegar era um canarinho, igual ao que tinha antes.

Durante algum tempo, nada aconteceu. O curió desceu para ver o que era aquilo. Pousou perto da cabaninha, foi chegando mais para perto aos pulinhos. Pela abertura viu lá debaixo o dourado do fubá e o verde-amarelado do jiló. Olhou em volta, atento a perigos, e entrou para comer.

O menino pensou em enxotar o curió. Queria um canário. Mas quando viu a beleza do peito vermelho decidiu-se.

O curió bicava o jiló e olhava em volta, bicava e olhava. De repente o graveto que sustentava a cabaninha soltou, ela desabou e ele ficou preso lá dentro.

O menino largou correndo a ponta do barbante que havia puxado e veio ver seu prisioneiro. Um curió bem escuro por cima e bem vermelho na barriga, macho.

Depois de algum tempo, passada a novidade, começaram a dizer que era maldade prender passarinho. O mesmo que cortar as asas, botar bicho numa jaula, confinar uma pessoa. O menino tentava dizer que era preciso prender para gostar, como é que ia gostar de um passarinho voando?

O amor exige sacrifícios, igualmente. Ao fim de quase dois anos de resistência, o menino, agora um rapazinho, resolveu ficar todo o tempo que pudesse dentro do viveiro junto com o curió, para ninguém pensar que era por maldade que o prendia, passar o que de bom e ruim o passarinho passasse. Levava desvantagem, porque o viveiro mal o comportava de pé, tinha de abaixar a cabeça, ficar a maior parte do tempo sentado lá dentro, entrar e sair de rastos. O dono anterior da casa criara ali muitos passarinhos, inclusive aves grandes, como tucanos e araras. Com um travesseiro para sentar e um para encostar, o garoto conseguiu um relativo conforto. Saía só para ir à escola, ao banheiro, buscar comida e água. Com o tempo o curió pousava nele como se fosse poleiro ou galho de árvore, cantava no seu ombro, fazia cocô na sua cabeça.

Os amigos que foram a sua casa achavam que ele estava de castigo e não acreditaram quando ele disse que não, que já estava gostando de estar ali, tão quieto, longe de toda confusão, brigas e gritaria. Dali de dentro ele podia ver pouca quantidade de mundo. A casa, vista dos fundos, era feia. Os arquitetos não se preocupam com fundos de casa, pensou, e se prometeu que ia mudar isso quando fosse arquiteto. Via a escada, a porta, a janela e as paredes da cozinha, a lavanderia e os varais, que subiam com roupas coloridas pesadas de água, depois as roupas iam ganhando movimentos mais leves ao vento, depois até voariam de tão leves e secas, se não estivessem presas pelos prendedores. Podia ver, longe, um pouco de rua, quando não havia carro na garagem. Podia ver as árvores do quintal, a mangueira, a jabuticabeira e a pitangueira. A mangueira estava em flor, em festa de abelhas e beija-flores. A jabuticabeira já botava frutinhas bem verdes agarradas no tronco como berrugas. As folhas da pitangueira conviviam em graus variados de beleza, umas de um verde muito escuro, opacas, mais velhas; outras, que deveriam ser as que mais respiravam, que mais trabalhavam, de um verde vigoroso; outras, as novas, menores, de um verde muito claro, brilhantes como se fossem envernizadas, refletindo alegremente o sol, ficavam mais perto das pontas dos galhos; e as pequenininhas, as que estavam nascendo, de um marrom sanguíneo, bem na ponta dos galhos mais frágeis. Podia ver a chuva, que fazia os galhos das árvores ficarem pesados de água e escorria grossa das telhas francesas da grande coberta onde estava o viveiro, em sessenta e quatro bicas que furavam o chão de terra e formavam pequenas poças que levavam o dia inteiro para secar, quando vinha o sol. Via a grama, o sinuoso caminho do jardim. Via os muros que limitavam a casa. E ouvia vozes, o barulho de algum carro, às vezes um rádio, cantos de passarinhos. Paz.

Os pais pensaram que aquilo passaria logo, era mais uma daquele menino sempre complicado. Não passou, e eles começaram a ficar preocupados. O genro, executivo da nova geração, achava melhor tirá-lo na porrada, destruir o viveiro e construir ali uma churrasqueira, botar um som, mesa, cadeiras. Os pais haviam sido desbundados dos anos setenta e preferiram consultar uma psicóloga. Ela não quis ir lá, disse que era contra a técnica, o garoto é que deveria ir até ela, tentassem uma assistente social. A assistente conversou três vezes através da tela com o rapazinho, depois disse aos pais que era crise de adolescência, isso passa, levantassem as mãos para o céu por ele não estar tomando droga. É uma espécie de recolhimento, disse, na Idade Média se usava muito, que é que o senhor acha que eram os ermitões, os santos das primeiras ordens? São Francisco falava com passarinhos. Mas nós não estamos na Idade Média, argumentaram, e a mulher: deem graças a Deus por ele não escolher a droga, vocês não imaginam como está isso aí fora. Pouco depois ele pegou cobertas e passou a dormir na gaiola.

Tentaram algumas vezes fazê-lo sair, numa espécie de guerrilha. Quando ele voltou da escola, não encontrou os travesseiros e as cobertas. A mãe esclareceu: lavados, secando. O tempo estava ruim e poderia demorar alguns dias. Ele dormiu lá assim mesmo. Devolveram as almofadas e cobertas e compraram um cachorro, a coisa que ele mais queria havia alguns anos. Ele brincava às vezes com o cachorrinho enfiando o dedo através da tela, não se interessou muito. Fizeram uma festa para os colegas dele, convidaram meninas de quem ele gostava. Ouviu a festa de longe, os coleguinhas o viam da porta da cozinha, e a festa foi um fracasso. Na hora de ir embora uma das meninas foi vê-lo.

— Por que você está aí, ela perguntou.

— Estou cuidando do meu passarinho, ele disse, sem convicção.

Ela não acreditou. Olhou para ele algum tempo sem dizer nada, depois foi embora correndo.

Ofereceram-lhe uma viagem à Disneyworld. Não se interessou, disse que não tinha mais idade para isso, que não deram quando mais quis. Chamaram uma preta gorda, de branco e colares coloridos, que tentou falar com ele, rezou em cada canto do viveiro, pelo lado de fora, borrifou água com umas ervas, deixou oferendas com velas nos cantos, chamou-o até a portinhola, botou a mão na sua cabeça e se foi, pessimista. Fizeram uma goteira bem em cima do lugar onde ele ficava. Trocou telhas de lugar, consertou, voltou para a gaiola. Esgotados, os pais se conformaram, resolveram esperar. Isso passa, havia dito a assistente social.

Quando ele saía para a escola todas as manhãs, a mãe se perguntava o que ainda o prendia às aulas. Voltava, levava os cadernos para a gaiola, fazia as lições. Assim que ele entrava, o curió começava a cantar, e cantava até o pôr do sol. A mãe veio uma tarde com um banquinho, sentou-se ao lado do viveiro e falou como se estivesse sozinha, não conversando, só falando.

— Tão cansada dessa situação, meu Deus. Se eu saio na rua acho que tá todo mundo zombando de mim. Lá vai a mãe daquele menino que mora na gaiola. A mãe do menino-passarinho. Converso como se estivesse tudo bem, mas eu sei o que eles estão pensando. Quem gosta da gente está preocupado; quem não gosta, ri e disfarça. Ele precisa cortar o cabelo, falam pra mim, e eu não sei se estão querendo ajudar ou o quê. É assim que estão usando o cabelo agora, eu falo como uma boba, mas eu não sou boba. Eu digo pro meu marido: o que a gente fez de errado? Nunca deixei faltar uma mamadeira, um brinquedo de Natal, um chocolate de Páscoa, nunca deixei passar medo, frio… nada. Quem é que pode nos ajudar numa hora dessas? Todo mundo está preocupado. Os vizinhos, os parentes, os primos, tios, colegas de serviço do meu marido, do meu genro, todo mundo querendo entender isso. Como é que Deus fez isso comigo? Meu marido já procurou todo mundo que podia, médico, psiquiatra, padre, macumba. Só Deus pode ajudar, só ele.

Falou assim até anoitecer. Depois pegou seu banquinho, atravessou o caminho sinuoso do jardim e sumiu na casa. Toda noite, quando chegava do serviço, o pai vinha conversar com ele, contava alguma coisa, falava do futebol, relembrava o passado deles, propunha algum programa para o fim de semana. O filho dizia que sim, que iriam, depois via o pai subir abatido o caminho do jardim e entrar na casa. Naquele dia ele ouviu a voz do cunhado falando alto: dá nele, pega um pedaço de pau, arranca ele de lá a paulada, quebra aquilo tudo, faz alguma coisa, que diabo. Na noite seguinte o pai não foi conversar com ele. Quando o menino acordou de manhã o curió não estava mais lá.

Desde esse dia não foi mais à escola. Não saiu para comer. Se trouxessem comida, comia: se não trouxessem, não comia. Esperou e esperou e esperou. Ouvia as mangas maduras caírem com um pesado tuum. Passarinhos vinham comer na pitangueira. Quando chovia, temia pelo curió solto no mundo sem a memória de cuidados, talvez perdida. Alguém poderia pegar seu curió, talvez uma pessoa de muitos passarinhos, não fiel como ele tinha sido. O curió ia cantar para outro como tinha feito para ele. Isso era o pior de tudo, o que doía mais. No entanto, torcia para que o outro dono fosse cuidadoso igualzinho, desse atenção e carinho, para que nada de ruim acontecesse com ele. O curió ia gostar do outro como gostara dele. E o menino repensava o seu torto aprendido: é melhor ser passarinho do que ser menino.

Triângulo

— Você por aqui?!

Cateto Maior sobressaltou-se como em perigo, ao reconhecer a voz mesmo antes de identificar a pessoa atrás da barba bem aparada que branqueava nas faces e na ponta do queixo:

— Oi, rapaz! Quanto tempo.

Quanto tempo significava Woodstock, flower power, black is beautiful, salve a Seleção, Beto Rockfeller, fumo, sem lenço sem documento, Satisfaction, pop art, qualé bicho, ame-o ou deixe-o, toca pra Cuba, Hoje É Dia de Rock, Hendrix Mandrake Mandrix, Bob Dylan, Underground, contracultura e Bolsa em alta.

— Passeando?

— Mais ou menos. Estou voltando.

Por um quase imperceptível segundo o sorriso endureceu no rosto do Cateto Menor. Sem perceber, ele buscava alguma segurança, ao perguntar:

— Casou?

Cateto Maior suspeitou que houvesse na pergunta uma esperança de resposta afirmativa.

— Não. E você, como vai?

Cateto Menor achou que entre o "não" e o "e você" houve talvez uma hesitação. Seria grilo seu, ou a pergunta que Cateto Maior pretendia fazer, no fundo no fundo, era: e você, continua casado?

— Tou ótimo.

Se Cateto Maior quisesse saber, teria de perguntar. Cateto Maior hesitou. Considerando que não seria natural não perguntar, cedeu:

— E Laís?

— Ótima.

Cateto Menor quis esclarecer logo aquelas inquietações que faiscaram entre eles em trinta segundos de conversa, quis proteger Laís e o filho. Propôs:

— Escuta: tem um tempinho? Vamos ali tomar um chope.

Cateto Maior percebeu a falta de espaço entre a pergunta e a proposta, o que interpretou como urgência; percebeu o desejo de que ele não recusasse, implícito na definição imediata do que seria o "tempinho": a duração de um chope — para que ele não alegasse falta de tempo. As pessoas na Avenida Paulista já não andavam tão depressa, negócios fechados ou fechando-se, pontos de ônibus apinhando-se. Por que não um chope?

No fim da noite ainda estavam lá, voz meio pastosa, empilhando cartões de chope. Os chopes, ou a saudade, exumaram daqueles senhores de pasta e gravata os cabeludos de túnica indiana e sandália que haviam abolido a hipocrisia e embarcado na contracultura, gracias señor, no fim dos anos 60, início dos 70. Naquele fim de noite, tinham reencontrado o Caminho e abandonado a dissimulação. Chamaram de volta a velha ética, não a dos pais e avós, mas a ética do Sonho, The Dream. Haviam um dia recusado a Grande Mentira, o Consumo, a Caretice, mas depois se desviaram, perderam o rumo pressionados pela Necessidade. Agora os sonhadores acordavam dentro deles, rodeados de bolachas de chope.

— Laís chorou muito quando você sumiu. Eu também chorei, por nós todos.

— Não dava mais pra segurar, tinha virado uma loucura.

— Nós nos sentimos culpados.

— Vocês acharam o quê?

— Seu bilhete foi muito esquisito.

— Não lembro mais o que dizia nele.

— Imprecisão de intelectual. Arrasou a gente. Nem amor a gente conseguia fazer.

Essas confidências eram comuns nos tempos da Grande Fraqueza, a psicanálise frequentava mesas de bar, mas Cateto Maior ficou alerta com a intimidade desvendada, pois a escalada exigiria dele a sua parte. Tomaram mais chope, pensando no amor que faziam com Laís, baixaram os copos, se olharam. Cateto Menor:

— Você gostava muito dela, não é?

— Muito. Demais.

As duas afirmativas, quando uma bastaria, levaram Cateto Menor a apertar o braço do amigo, apoiando-o, apoiando-se. Era ele quem ia mais fundo.

— Ainda gosta?

— Não. Passou. E vocês, ainda falam de mim?

— Ultimamente não. O assunto foi morrendo depois que soubemos que você estava vivo, no Rio. Estranhamos, mas depois compreendemos o seu silêncio.

— Quando foi isso?

— Faz uns quinze anos.

— É. Ainda bem que esqueceram.

Aquilo encerrava a conversa, o chope. Pagaram, saíram. Na rua, enquanto esperavam um táxi, Cateto Menor ainda tentou segurar o passado que fugia.

— Vamos lá em casa. Você precisa ver Laís.

— Não, não posso. Tenho de ir pro Rio amanhã cedo.

— Você não disse que estava voltando?

— Estudando. Mas tá difícil. Olha o táxi.

Cateto Maior entrou no táxi, abriu o vidro:

— Até. Até um dia. Não diz nada pra ela. Deixa quieto.

Cateto Menor viu as luzes traseiras do táxi se afastarem e sumirem na constelação da Paulista. Aqueles anos loucos, pensou, tinham feito deles melhores homens de paletó e gravata.

Meio covarde

Eu devia ter dezesseis, dezoito anos no máximo. Teresa era uma vizinha nova e falada. Não eram necessários muitos motivos para uma moça ficar falada naqueles anos 50, mas Teresa conseguiu reunir quase todos: decote, vestido justo, batom vermelho, sardas, tempo demais na janela, marido noturno e bissexto, muito bolero no toca-discos e, motivo dos motivos, corpo em forma de violão, como se dizia. Entre a minha casa e a dela havia um muro. Na época da antiga vizinha, velha, feia, engraçada, amiga que eu visitava sempre, costumava pular nosso muro para encurtar caminho. Ela não se importava e eu era quase uma criança. Agora, olhando disfarçadamente a nova vizinha, eu ficava pensando como seria bom pular o muro outra vez. Mas para essas coisas sou meio covarde.

O muro ficava na área do tanque de lavar roupa. Do lado de lá, ela cantava com uma voz sensual, inquietante. Meu pai não gostava, sabe-se lá por quê. Minha mãe também não, pode-se imaginar por quê. Talvez os motivos dele e dela convergissem para o mesmo ponto, embora diferentes, ponto que era o meu motivo para gostar tanto daquele canto. A voz ficava equilibrando-se em cima do muro: "Meu bem, esse seu corpo parece, do jeito que ele me aquece, um amendoim torradinho". Dava para ouvir minha mãe murmurar: "Sem-vergonha". O "torradinho" era quase um gemido rouco, talvez ela cantasse de olhos fechados. De vez em quando umas calcinhas de renda eram penduradas no varal. Minha mãe não suportava aquilo. Eu tinha vontade de espiar por cima do muro para ver o que ela estava fazendo, mas para essas coisas sou meio covarde.

Não era casada — a suspeita era geral. Mulher casada procura as vizinhas, apresenta o marido, pede uma xícara de arroz emprestado. A independência de Teresa insultava a comunidade solidária de mães, avós e filhas, sempre se socorrendo com um molhozinho de couve, uma olhadinha no bebê, um trocadinho para o ônibus. Os homens tinham pouco que fazer naquele quarteirão: meninos jogando bola na rua, adolescentes trabalhando como *office boys* ou balconistas de dia e estudando à noite, maridos trabalhando de dia e relaxando à noite com uma cervejinha — todos desejando Teresa. Quando eu voltava do colégio, perto da meia-noite, via-a no alto do alpendre, esperando o marido, o amante: o homem. Eu olhava, ela fumava, eu passava, ela ficava. Com a repetição Teresa já me sorria, mas eu desconfiava do ar zombeteiro dela e nunca acreditei no sorriso. Tinha vontade de enfrentá-la e perguntar, bem atrevido: está rindo de mim ou pra mim? Em casa, na frente do espelho, ensaiava o tom, mãos na cintura. Quando vinha no bonde, de volta do colégio, planejava: hoje eu falo. Mas nunca consegui. Sou meio covarde para essas coisas.

Uma noite ela assoviou. Usava-se naqueles anos um assovio de galanteio, de homem para mulher, um silvo curto logo emendado num mais longo, fui-fuiiiu, que podia ser traduzido em palavras, e até era às vezes, quando a pessoa queria ser mais discreta, ou quando estava contando que assoviaram para ela, e nesse caso a garota falava: fulano fez um fui-fuiu pra mim. As mulheres às vezes usavam o assovio para imitar com certa graça o jeito cafajeste dos homens, e foi o que Teresa fez naquela noite. Tomei coragem, voltei, abri o portão, subi as escadas, parei na sua frente no alpendre. Ela vestia um penhoar azul e sorria da minha ousadia. Eu pretendia parecer desafiador, seguro, dono da situação, mas o sorriso dela não indicava nada disso. Teresa disse com malícia que o marido estava para chegar, não seria bom encontrar-me ali. Concentrei-me no papel tantas vezes ensaiado, respondi que seria ótimo se ele chegasse, que assim eu poderia explicar que ela havia assoviado, que eu havia subido para tomar satisfações, que não sou palhaço... Não creio que a representação tenha sido muito boa: ela continuava sorrindo. Recostou-se na amurada, usando a luz do alpendre como uma atriz num palco, e sua voz quente convidou: "Ele não vem hoje. Quer entrar um pouco?" Deveria ter sido mais prudente e recusado, mas para essas coisas não sou covarde.

Entrei, conversamos sobre o meu futuro e o passado dela. Vem cá ver minhas fotos, me disse, e eu a segui até um quarto pequeno onde havia uma grande cama, um guarda-roupa, uma mesinha com um abajur. Senta, ela disse. Apanhou no guarda-roupa uma caixa e mostrou-me fotografias de quando era mocinha, cartas apaixonadas de antigos namorados, retratos deles ou de outros com declarações de amor nas costas e uns versos dedicados a ela pelo namorado atual. "Ele não é meu marido, não." Eram sonetos copiados de Camões, palavra por palavra. Amor é ferida que dói e não se sente. Busque amor, novas artes, novo engenho. Alma minha gentil que te partiste. "Eu não gosto muito dele, mas gosto que ele me ame assim. Os meus namorados sempre me amaram muito." Tive ciúmes deles e vontade de contar a ela que os sonetos eram de Camões, mas para essas coisas sou meio covarde.

A roupa que Teresa vestia nem sempre estava onde deveria estar. Conversar em cima de uma cama, recostar, mudar o braço de apoio, apanhar coisas para mostrar, buscar conforto são movimentos que podem impedir um penhoar azul de cumprir seu papel, mesmo que a pessoa não queira. Quando chegou a hora de falarmos de nós, disse-lhe que seus olhares e sorrisos me pareciam zombaria e me deixavam encabulado. Que tinha vontade de perguntar a ela "o quê que há?", em tom de briga. Que tinha só dezessete (ou dezoito?) anos. Ela falou que me achava muito sério para minha idade, muito bonitinho também, que quando ouvia barulho de bonde depois das onze corria para o alpendre para me ver e que às vezes me olhava por cima do muro. Tive vontade de contar que sonhava muito com ela. Mas para essas coisas sou meio covarde.

Quase de manhã, pulei o muro que dava para minha casa. Ela me disse que voltasse outras vezes. Era perigoso e eu deveria ter recusado. Mas para essas coisas não sou covarde.

Desligado

—Que é mesmo que... — e não pôde prosseguir, não se lembrava do que nem o quê. Um branco. Olhou em volta e ali estavam as mesmas pessoas de um instante atrás, no mesmo avião. Nada era estranho, nada era visto pela primeira vez. O tempo fluía, não sentira uma ruptura. A aeromoça era a mesma, seu vizinho de poltrona era o mesmo, todas as pessoas estavam ali, mas... — a sensação era a de que ele é que não estava mais.

No momento, a coisa mais embaraçosa era não saber para onde estava indo, o que ia fazer lá. Tentou se lembrar do embarque, do aeroporto, mas não havia nada para trás daquele momento, a viagem começava ali. Evitando gestos que demonstrassem inquietação, procurou a passagem no bolso superior da jaqueta jeans, depois nos outros bolsos: nada. Deveria ter alguma maleta, bolsa. Não estava sob o banco. Um homem na outra ala levantou-se e tirou alguma coisa do compartimento de bagagens de mão. Talvez ali, pensou. Conteve-se, com receio de incomodar o vizinho.

O que faltava era uma ligação entre ele no avião e alguma história. Sentia-se bem, alimentado, aquecido — mas. Podia ser também que estivesse dormindo e sonhando. Sentiu um incerto alívio quando o comissário anunciou que dentro de alguns instantes estariam aterrissando no Aeroporto da Pampulha em Belo Horizonte. Alívio que logo virou incômodo: por que Belo Horizonte, o que em Belo Horizonte? Sabia o que eram as coisas, seus nomes, por exemplo avião, maleta, aeromoça, compartimento de bagagens, aeroporto, Belo Horizonte, capital de Minas Gerais — mas falhava ao procurar seu próprio rastro nesse chão. Estava morto? Era a morte, isso?

Não resistiu à ansiedade, pediu licença ao vizinho e foi verificar se havia uma maleta no compartimento de bagagens da sua fila de poltronas. Nem maleta, nem bolsa, nada. A aeromoça pediu que ele se sentasse e atasse o cinto de segurança. Estavam baixando.

À saída do avião a aeromoça lembra: senhor, sua maleta e seu violão. Ela vai apanhá-los, estavam guardados lá na frente, junto com ternos e casacos de frio. Desce natural, não no estilo o que é que estou fazendo com esse violão na mão. Tinha esperanças de que alguém o esperasse no aeroporto e pronto, a ligação se fizesse. Tocava violão ou estava levando-o para alguém?

Ninguém o reconheceu ou procurou no aeroporto. Na fria noite mineira sentiu-se pela primeira vez angustiado de verdade, porque chegara a hora de tomar uma decisão e não havia conseguido ainda ligar o presente com o passado. Parecia que a lembrança estava ali à mão, quase: via-a, tentava agarrá-la e ela escapava. Como é mesmo o nome d... — e no instante seguinte, ou no mesmo, não sabia sequer de quê. Se tomasse um táxi, mandaria ir para onde? Não podia ficar ali no aeroporto, esperando fecharem. Pegou um táxi e mandou tocar para um bom hotel, qualquer um. Durante todo o trajeto procurou na paisagem pistas de si, uma faísca. A noite escura e a iluminação fraca não ajudaram.

Ao preencher a ficha do hotel parou embaraçado: nome? Seu nome? Olhos de espanto pularam rapidamente para os itens filiação, naturalidade, residência... Sorriu sem graça para o recepcionista como uma pessoa surpreendida em alguma inabilidade inexplicável. Já ia dizer "não estou conseguindo" quando o recepcionista disse que se preferisse bastava assinar e deixar a identidade. Aquilo parecia que simplificava mas complicava: que assinatura, que nome? Ganhou tempo procurando nos bolsos: nenhum documento, mas um maço de dinheiro. Lembrou-se da maleta, com alívio e certeza de que estava tudo lá. Abriu-a e entre objetos irreconhecíveis encontrou gorda carteira com talão de cheques, cartão de crédito, documentos e identidade. Olhou o nome, virou, olhou a foto — não era ele! Não era possível, não tinha aquela barba, aquele cabelo, aquele nariz. A aeromoça certamente tinha lhe dado a maleta errada. Pensou em pedir socorro, mas continuava com a sensação de que o que estava lhe acontecendo era coisa momentânea, não deveria alarmar-se, entrar em pânico. Resolveu copiar os dados da identidade na ficha, assinar qualquer coisa e subir ao quarto para se dar tempo. A sua bagagem, perguntou o moço do hotel, e ele respondeu não tenho.

No quarto, abriu a maleta, bisbilhotou tudo como coisas de outra pessoa. Encontrou passagem de ida e volta para São Paulo. Um livro de instruções de um programa gráfico de computador, jornal, maçã, saco plástico com uma camisa limpa, saco plástico com uma cueca e um par de meia limpos, canetas, bloco de papel em branco, drops de essência de eucalipto, cartões, aparelho descartável de barbear, escova de dentes, creme dental, vidrinho de vitamina B. Informação mesmo só nos vários cartões de visita de uma pessoa da firma VisualArts, escrito embaixo: diretor — ele? A firma era de São Paulo. Àquela hora, quase dez e meia da noite, seria inútil telefonar. Procurou entre os documentos da carteira. Mesmo nome em todos e no talão de cheques. Retrato de mulher e de uma menina. Mãe e filha? Sua mulher e filha? Não sentiu nenhuma emoção especial diante da foto. Pensou filha como quem pensa água. Verificou a idade: 38 anos. Poderia ter 38 anos. Parecia mais, mas poderia. Naturalidade: Belo Horizonte. Foi até a janela ver se alguma coisa daquela cidade o pescava. Um parque na frente do hotel, um viaduto com arcos mais ao fundo, uma montanha à direita nada acordaram nele. Eu não sou daqui, pensou, e foi dormir. Tinha esperança de acordar outro homem, o mesmo de antes.

Acordou tarde, com a impressão de ter sonhado. Enquanto fazia a barba, tomava banho e se vestia, no ritmo de quem tem obrigações a cumprir, tentava recuperar o sonho. Olhou o relógio, pensando que estava atrasado. Não podia esquecer de... — o quê? Estava vestido, pronto, e já não sabia para quê. O sonho veio: tinha sonhado que perdera a memória. Pensou arrasado que enquanto se vestia estivera no limite, na fronteira de se lembrar. Chorou, com medo de não se achar nunca mais.

Que podia fazer? Ligar para o gerente e pedir socorro? Procurar um médico? Esperar? Botar um anúncio na TV dizendo: Você conhece este homem? O importante era que o encontrassem ou que ele se achasse? Ia viver para sempre entre estranhos?

Apanhou um dos cartões da VisualArts e pediu à telefonista que ligasse, por favor, com urgência. Quando atenderam, não sabia a quem chamar. Ouviu por instantes alguém repetindo alô, alô, e achou uma saída olhando o nome no cartão: é o Sérgio, me chama minha secretária. (Ele ou aquele Sérgio teria secretária?) Atendeu uma mulher. Quem está falando? É Sílvia. Sílvia, é Sérgio. Oi, seu Sérgio, bom dia. Como foi de viagem? Bem. Alguma novidade? Até agora não, senhor. (Vacilou mas perguntou:) Minha voz não está diferente? Não, por quê? (Então Sérgio era ele! Era Sérgio!) Essa friagem de Minas, amanheci meio resfriado. Não parece, a voz tá igual. Escuta, Sílvia, perdi minhas anotações. Você pode me dar aí o endereço da reunião e o nome da pessoa com quem eu deveria tratar? Posso, posso. Espera um pouco. Tá aqui.

É Rua Espírito Santo, 1651, primeiro andar, sala 12, senhor Alberto Siqueira. Tá bom, obrigado. Quando é que o senhor volta? Depois do meio-dia. Seus pais estão bem? (Então estavam vivos, moravam ali) Estão, obrigado. Algum recado para sua esposa? Não, não. Sua filha ligou, dizendo pro senhor não esquecer do violão. Tá bem. Obrigado.

Ganhara um passado que não o emocionava. Como se fossem dados biográficos de outro homem. Não conseguia abrir aquela porta entre o eu e o meu. Não sabia sequer que cara tinham aquelas pessoas, mulher, filha, secretária. Se passasse por elas na rua não as reconheceria. Tinha perdido sua história.

Não foi à reunião. Que ia fazer lá como um idiota, sem saber do que se tratava? Qual era o seu trabalho? O que ele sabia fazer? Sentou-se no quarto, muito só. Teria de reaprender tudo? Sabia dirigir, fazer conta, tocar violão? Que estava fazendo ali aquele violão? Era da filha? Tirou-o da capa, tentou tocar, mas o quê? Não havia música na sua memória. Sentia que não era bem isso. Encapou o violão. Era como uma torneira fechada: se abrisse, ia jorrar música. Precisava consultar um médico, saber ao certo o que estava acontecendo. Tudo o que era ou conhecia estava ali, atrás da torneira fechada. Sabia que sabia uma coisa, só não se lembrava, mas na verdade não sabia, porque o que se sabe é o que se tem para usar e aquela coisa estava em um lugar que não podia usar, era sua e não era.

O medo crescia dentro dele. Precisava ir para São Paulo. Chegou à janela, viu o parque e chorou. Saudade nem sabia de quê. Com certeza tinha passeado muitas vezes por suas alamedas, remado aqueles barquinhos lá embaixo, quem sabe amou naqueles bancos e nas moitas, e tudo isso estava perdido. Em algum lugar daquela cidade estavam seus pais. Onde? O que diriam se chegasse como um traste: me ajudem que eu não me lembro de vocês? Melhor pular daquele décimo oitavo andar e acabar com tudo. Saiu de perto da janela, com medo da insensatez. Precisava ir para São Paulo. Era a coisa mais sensata a fazer. Ficar junto de pessoas que o conhecessem, gostassem dele, para sentir-se protegido, poder relaxar, descansar a cabeça, entregar-se aos cuidados delas até aquilo passar. Vai passar. Vai passar. Vai passar nesta avenida um samba popular cada paralelepípedo da velha cidade esta noite vai se arrepiar aqui na terra tão jogando futebol tem muito samba muito choro e *rock'n'roll* uns dias chove noutros dias bate o sol mas o que eu quero é lhe dizer que a coisa aqui tá preta muita mutreta pra levar a situação que a gente vai levando de teimoso e de pirraça caminhando contra o vento sem lenço sem documento no sol de quase dezembro eu vou ela pensa em casamento e eu nunca mais fui à escola sem lenço sem documento eu vou músicas da minha geração que a moçada agora canta sem parar avisa lá que eu vou chegar mais tarde vou me juntar ao olodum que é da alegria é denominado de vulcão o estampido ecoou nos quatro cantos do mundo em menos de um minuto em segundos nossa gente é quem bem diz é quem mais dança os gringos se afinavam na folia avisa lá avisa lá ô ô, músicas da geração da minha filha que vão ganhando a gente não posso me esquecer de comprar o violão novo dela até que estamos tocando direitinho a dupla pai & filha gostei desse nome que a celina botou a dupla pai & filha bem que tem animado umas festinhas celina não gosta dessa batida de hoje é mais romântica ainda gosta é dos beatles e bee gees que tocavam sem parar nas domingueiras do corinthians onde a gente se conheceu she loves you yeah yeah yeah she loves you and you know you should be glad I wanna be your lover baby I wanna be your man I wanna be your lover baby I wanna be your man I wanna be your man I wanna be your man.

Talismã

Eu não teria seguido o homem pelas ruas nem presenciado as coisas que fez acontecer à sua passagem se ele não levasse sua flor — uma só, de longo caule, três folhas viçosas, vermelha: cravo —, se não a levasse com extremo cuidado, como coisa mais preciosa do que flor. Logo percebi que a estranheza do próprio homem contaminava a cena toda. Na cabeça, chapéu, cavanhaque, suíças, bigodes. Vestia um paletó justo de casimira cinza-escura, colete de seda creme, jabô em vez de gravata, calças listradas de cós muito alto. Calçava borzeguins e polainas. Parecia ter saído de uma fotografia antiga e não tinha como voltar.

As duas coisas juntas, a figura e o jeito como levava sua flor, não pareciam perturbar as outras pessoas, que passavam por elas como se aquilo acontecesse todos os dias às cinco horas da tarde de suas vidas. Indiferente por sua vez às pessoas, ele atravessava a avenida central com aquele seu jeito de não saber como se leva uma flor. O que o fazia diferente das outras pessoas que levavam flores era a concentração: ele mais tomava conta do que levava. Segurava-a na metade do caule com três dedos da mão esquerda; a mão direita, um pouco em concha, protegia-a. Como se fosse uma vela acesa! — era isso. O homem levava a flor como habitualmente se leva uma vela acesa: defendendo, prestando atenção, olhando para a chama.

Se fosse um buquê, uma corbelha, talvez não parecesse estranho, pode ser que eu não o tivesse percebido, ou que o considerasse apenas um desses atores sem emprego que hoje em dia levam mensagens vivas a um aniversariante. Se levasse uma rosa, frágil, despetalável, talvez parecesse natural protegê-la com tanto cuidado. Mas um cravo vermelho, taludo, viçoso... um só...

Sem perceber, fui sendo envolvido, fui-me entrosando num curso de vida que não era o meu, não era o das coisas que me diziam respeito. Coisa-feita: estava espreitando um homem que surpreendera num momento de exceção, invadia um outro mundo. Se ele fizesse um gesto banal, se cheirasse a flor, por exemplo, eu me libertaria: ah, é um homem qualquer com uma flor qualquer. Mas não: ele se movimentava com um encanto calculado, como um ator, e era eu a sua plateia. Ninguém mais parecia interessado. Diabos e anjos sabem para quem aparecem.

Na tentativa de incluí-lo no mundo corriqueiro, costurei hipóteses. Enterro. Impossível: flor vermelha, uma só, um sorriso invisível. Namorada. Ia levá-la para uma namorada. Improvável: um homem do seu estilo mandaria um buquê, por mensageiro. Presente de namorada. Possível, mas... um homem de uns sessenta anos, com aquelas roupas, pareceria ridículo ou fora do papel se estivesse protegendo como preciosidade uma simples flor de namorada. Nada, nele, parecia ridículo. Bizarro, mas não ridículo. Levava-a para a esposa. Hipótese inadequada: maridos sabem que esposas não se contentam com um cravo único, querem buquê, e de rosas.

Pode ser que à sua passagem já estivessem acontecendo pequenas mudanças de ordem, antes que eu percebesse, alterações imperceptíveis a olhos descuidados, como os meus até então, atentos mais à figura do que às suas circunstâncias. Quando me dei conta de que o sinal de trânsito abrira para ele e para os outros pedestres em tempo rapidíssimo, e que um segundo antes o homem como que erguera ligeiramente o cravo e deixara de protegê-lo por um momento, senti um arrepio e suspeitei que ele tinha feito aquilo acontecer, tinha apressado o sinal de pedestres. Suspeitei mais: que coisas como aquelas já vinham acontecendo e eu tinha me recusado a ver.

Entrou em uma confeitaria. Lotada. Pude ver seus olhos a percorrer a vitrina, a lambiscar tortinhas, sequilhos, docinhos, à procura. Olhos cinzentos, como os de um cão siberiano. Mal encontrou — com um ah! — o que queria, materializou uma balconista solícita e saiu levando uma sacolinha pendurada no dedo, antes dos que já estavam lá há mais tempo. Na calçada, por onde eu tinha de avançar aos encontrões, davam-lhe caminho, gentis. Rostos preocupados desanuviavam-se à sua passagem. Parou aparentemente para prender as presilhas da polaina próximo a uma mendiga que amamentava um bebê mulato raquítico. O ritmo dos passantes, a pressa, o rumo, aparentemente não se alteraram, mas algo inusitado começou a acontecer naquele momento: atarefadas como abelhas, e com naturalidade como se fizessem aquilo todos os dias, as pessoas encheram em alguns instantes a cuia da mulher de moedas, anéis, notas altas. O homem da flor seguiu seu caminho depois de arrumar os sapatos, aparentemente alheio àquilo tudo. Andava com agilidade e graça diferentes da pressa cansada dos citadinos vesperais em fim de jornada. Novos eventos inesperados aconteciam no seu caminho. Um ônibus que atropelou um rapazinho e ia passando por cima dele parou de repente, travou, quebrou. A buzina do carro de um gorducho irritado com o trânsito que parou atrás do ônibus emudeceu contra a vontade dele. Desprovido da sua arma, o gorducho passou a dar socos no miolo do volante. Não aconteceu só com ele: nenhuma buzina soava. O rapazinho se levantou, reanimado, refeito, e tudo voltou a andar, junto.

Ninguém parecia perceber que não havia acaso nesses acontecimentos. Sem dar na vista, o homem da flor com certeza se divertia pelo lado de dentro.

Parou numa esquina, olhou para os três lados, não sei se escolhendo milagres ou rumo. Seus olhos siberianos cruzaram com os meus tropicais e os prenderam por um breve momento. Vamos?, ele disse. Obrigado, eu disse. No tempo entre essas duas falas algo que me escapa se passou. Tive a impressão de estar de volta quando disse obrigado. Só uma impressão. Não havia nada nada nada de que me lembrasse ou que o indicasse. Como se voltasse de uma distração. Depois desse momento, algo mudou em mim. Não tenho mais medo do destino ou do futuro, não sinto mais a angústia que irmana os homens. Nada de ruim acontece realmente com bilhões e bilhões de pessoas, nada que piore verdadeiramente suas vidas ou as faça sofrer mais do que estão habituadas a suportar, mas elas não sabem que é assim que vai ser. A diferença entre mim e elas, que me torna um pouco menos humano, é que eu sei que nada de ruim vai me acontecer. Desde aquele dia.

Naquela esquina, às cinco horas da tarde do centro da cidade de São Paulo, o homem sorriu para mim discretamente e levantou a mão com a flor. Um táxi parou, como se produzido por aquele gesto. Antes de entrar no táxi, despediu-se com um aceno de cabeça e, num exagero de mágico, última graça antes de deixar o picadeiro, jogou para o ar sua flor, que se transformou em pássaro e desapareceu no céu, em gracioso voo.

O ladrão de sonhos

"If my dreams could be seen
They'd probably put my head on a guilhotine."

(Bob Dylan)

—O Gênio. Você ainda não sabe nem a metade das coisas que eu sei sobre ele, nem a metade. Não é porque eu fiquei de rolo com ele, namoro, sei lá. Conheço o Gênio desde menino. Sabe como que ele ganhou esse apelido? Desde bebê. Não não, não foi porque ele falou aos seis meses de idade, não. Isso já é a lenda. É verdade que ele falou, mas o apelido veio foi do segundo nome dele, Eugênio. Pois é, ninguém sabe que ele se chamava Carlos Eugênio. O pai tirou o Eugênio, quando ele tinha oito anos, por causa da numerologia, do número de letras do nome. Superstição. É comum maluco ter filho gênio. Foram outros lances que firmaram o apelido dele. Ele jogou xadrez aos três anos, consertou um telefone aos seis, lia revistas de informática e vídeo como outros meninos liam gibi, passava na escola com dez em todas as matérias científicas e matemáticas, estudou e entendia todo o sistema de medicina computadorizada da clínica neurológica do pai dele aos doze anos, criava programas de computador aos quatorze, montava micros aos quinze, criava chips aos dezesseis e sistemas integrados de multimídia aos dezoito. Gênio mesmo.

— Já ouviu falar da máquina dos sonhos que ele inventou? Claro, claro, a sua reportagem é sobre isso. Tem muita história em torno dessa máquina, mas eu sei os fatos. Como começou e como acabou. Ninguém sabe, por exemplo, por que ele quis criar esse negócio.

— Não, não. Há muita lenda misturada nessa história. O Gênio nunca admitiu, nunca aceitou que alguém soubesse ou pudesse alguma coisa mais do que ele, no plano intelectual. Tirando a bicicleta dele, se lixava de não ser bom em esportes. Agora, qualquer habilidade maior dos outros na área mental perturbava ele. Foi isso que aconteceu com os sonhos.

— Conto. Uma vez a gente, a turma do último ano do colégio, meninas e meninos, a gente alugou uma casa de férias em Ubatuba por uma semana, para zonear um pouco. Uma noite todo mundo ficou em casa tomando tequila com limão e açúcar, esparramados pelo chão, no escuro, e deu uma de contar sonhos. Um contava, outro contava, apareceu cada sonho mais interessante do que o outro, e ele mudo. Eu estava do lado dele, com a cabeça no colo de um menino com quem eu tinha ficado, e batia uma luz fraquinha de lua minguante na cara dele, do Gênio. Aí eu vi que ele foi ficando quieto, nervoso, e percebi que ele estava com medo de chegar a hora dele. Bateu aquela maldade de adolescente e eu falei:

"E você, Gênio, não vai contar nada? Deve ter cada sonho genial."

— Foi aquela risada, e todo mundo apoiou, gritou que era a vez dele. Ele tentou, mas estava perturbado e se perdeu todo. Alguém falou:

"Você está inventando, Gênio! Não vale inventar!"

— Ele parou no meio e foi pra varanda. Dei um tempo e depois fui pra lá e ele estava chateado de verdade. Confessou que estava realmente inventando. Não conseguia se lembrar de um sonho, nunca. Só, às vezes, de uma visão, como uma foto. Tinha entendido lá na sala que sonhar e poder contar era um tipo de inteligência, um tipo de habilidade ou de poder mental. Foi aí que eu dei uns beijos nele para levantar ele um pouquinho e depois disso ele começou a estudar uma maneira de gravar os sonhos.

— Essa coisa de imagens não tinha segredo pra ele, ele dominava tudo. Começou botando os sonhos nessa categoria. A ideia dele era essa: se alguma coisa emite qualquer onda, alguém pode captar. Aprendeu que todos os mamíferos sonham. Nessa época a ciência ainda não podia afirmar pra que é que os sonhos servem, mas já sabia muita coisa. Sabia, por exemplo, que havia vários ciclos de sonhos durante o sono, mais ou menos a cada noventa minutos. Eu ajudei o Gênio digitando essas coisas no computador. No primeiro ciclo, o sonho é curto, de quatro a seis minutos. Mas vai aumentando. No último, pode chegar a cinquenta minutos. Quando a pessoa está sonhando, no sono mais profundo, os olhos se movem rapidamente dentro das pálpebras fechadas. Tudo isso, tudo quanto era informação o Gênio botava no computador. Até Freud e Jung ele botou lá. Não serviam de nada pra o que ele queria, mas pôs. Ele era assim, não desprezava nenhuma informação. Os dados mais exatos, sobre ondas e comprimento de ondas e intensidade ele mesmo que digitava. Depois a gente se beijava um pouco, eu chamava ele de maluquinho, ele dizia que eu beijava todo mundo, eu dizia que não era verdade, ele dizia que queria ver meus sonhos e eu ia pra casa.

— Bom, aí tem umas coisas que todo mundo sabe: ele passou em primeiro lugar no concurso do ITA, do IPT, engenharia do Mackenzie e medicina da USP. Saiu nos jornais como geniozinho em formação. Enquanto fazia o primeiro ano de medicina, ele ia estudando cérebros e funcionamento dos aparelhos da USP e da clínica do doutor Eugênio, pai dele. Dinheiro nunca faltou ali, todo mundo sabe.

— Que meu sogro que nada. Aquilo nunca chegou a ser namoro, pelo menos da minha parte. Era um... sei lá... eu gostava da inteligência dele, não dele, pessoa. Não porque ele fosse feio, até não era tanto assim. Eu já achava ele meio assustador como pessoa, parecia que se pudesse ele faria coisas terríveis. Como aqueles cientistas malucos das histórias em quadrinhos, sabe? No PET-Scan ele via em imagens de computador o funcionamento de cada região do cérebro. As áreas do cérebro que comandam cada função do corpo — a visão, por exemplo — ele via num outro aparelho, o Squid. Não adianta agora dizerem que ele tinha tudo à mão. O que ele tinha mesmo diferente dos outros era cabeça, ruim para umas coisas, ótima pra outras.

— No recreio, no almoço, no lanche, jantar, ele estava lendo revista de ciência. Não era só divulgação, não, coisa de especialista também. Não dava pra namorar um cara assim, sem sair pra dançar nem ir a um barzinho nem nada. A tensão dele era eletrônica. Pra namoro todo mundo quer uma coisa mais palpável, não é? Numa dessas revistas ele encontrou a comunicação de dois cientistas de Harvard, mostrando como são processados os sonhos: neurônios na base do cérebro produzem um agente químico chamado acetilcolina que provoca a emissão de sinais elétricos que se propagam em ondas através do cérebro. Esses sinais atingem o centro da visão no córtex e aí surgem as imagens. Isso acontece depois dos primeiros noventa minutos de sono. Os neurônios também produzem outro agente químico que "desliga" o sonho. Durante o sono, esse mecanismo é ligado e desligado umas cinco ou seis vezes.

— A imaginação do Gênio não parou quando ele leu isso. Sinais elétricos. Duas palavrinhas mágicas. Sinais elétricos podem ser captados, decodificados e transformados em imagens. Ele dizia, excitado: se os sinais eletromagnéticos de um planeta distante podem ser transformados na imagem do planeta, por que não os sinais elétricos dos sonhos? Se os sinais eletrônicos de um olho cósmico como o observatório Hubble podem ser transformados em fotos do universo, por que não os dos sonhos?

— Pra encurtar a conversa: o Gênio adaptou um capacete de motociclista, grande, e implantou milhares — é isso mesmo: milhares — de agulhas eletrônicas na parte de dentro, como se fosse um ouriço invertido. Claro, eram agulhas de pontas rombudas, maleáveis, como escova de cabelo, com sensores a *laser* e fios capilares dentro, pegando desde os músculos da voz na garganta até a medula. Na parte dos olhos tinha uma espécie de máscara de dormir com sensores rastreando os movimentos dos olhos. Esses milhares de pontos levavam informações ao mesmo tempo para mais de cem chips dentro do capacete, cada um com uma função, e daí iam para um conjunto de computadores, controladores de frequência, conversores, monitores, gravador *laser* e vídeo.

— Dinheiro? O que isso custou, você nem imagina. Pro pai dele saiu até barato, porque ele não gastava dinheiro com carro, roupas, viagens internacionais, boate, restaurantes, não quis apartamento — nada, só um quarto a mais na casa, entrada exclusiva de energia e trânsito livre para os amigos.

— Resumindo: deu certo. Não da primeira, mas depois de meses de tentativas e acertos. Eu sei porque a principal cobaia era eu. Quantas noites eu sentei naquela cadeira — tinha de dormir sentada por causa do capacete e dos fios — e ficava ali nas mãos dele, entregando minha cabeça e meus sonhos a ele na maior confiança. Depois ele disse que precisava experimentar outro tipo de energia, que a minha não estava dando certo, e várias pessoas da turma dormiram lá várias vezes, em nome da ciência. Riam dele, debochavam, chamavam de cientista maluco, diziam que aquilo nunca ia funcionar, mas colaboravam. Depois ele trocava de cobaia, com a mesma história de que não estava funcionando. Até alguns pais colaboraram.

— Isso durou uns meses, não é, como eu disse. Até que ele me chamou pra ser assistente numa nova tentativa com o Julinho. Foi a primeira vez que ele deixou alguém de fora participar. E foi a última experiência com o Julinho. Já te falaram do Julinho? Julinho era um cara, vamos dizer, complicado. Quando o Gênio falava que eu beijava todo mundo, acho que se referia a ele, porque viu uma vez a gente se beijando debaixo de uma árvore numa festa em que eu fiquei com o Julinho. Foi por isso que eu beijei o Gênio naquele dia na varanda em Ubatuba, porque eu gostei que ele ficasse escondido na sombra me vendo beijar o Julinho. Eu achava que ele tinha alguma paixão escondida por mim. Idiota. Julinho tinha problemas com o pai, com a mãe, com droga, tinha bombado na escola, por isso que eu não afirmo que o Gênio fez algum mal a ele. Ele já estava numa muito ruim, não é? Aí eu estava lá de ajudante e foi a primeira vez que eu vi aquilo dar certo. Uma coisa incrível. Incrível.

— Quando pipocou a primeira imagem na tela do vídeo eu quase dei um grito mas segurei minha boca. Pensei que tinha acordado o Julinho, porque a imagem piscou e logo logo apareceu de novo, agora com uma sequência, uma história confusa num hotel em que as pessoas se matavam, faziam emboscadas, não entendi direito, ainda estava meio espantada. Só reconheci o pai dele no hotel, acho que era o gerente, uma coisa assim. Mas acabou de repente e então eu reparei no Gênio. Ele estava muito tranquilo, achei que estava muito pouco contente e emocionado com o sucesso da coisa. E eu falei:

"Pô, Gênio, como você é frio. Olha como eu estou arrepiada, tremendo. Você conseguiu, cara! Vai ficar famoso!"

— E sabe o que ele falou? Que eu não dissesse pra ninguém. Ninguém. Perguntei, ele disse que não queria, ninguém podia saber. Acabou justificando que tinha primeiro de patentear a coisa. Acho que ele demorou muito a dar o motivo. Eu deveria ter desconfiado de alguma coisa.

— Perguntei por que a coisa tinha parado, ele disse que era assim mesmo, eram os ciclos, ele ia sonhar de novo dentro de uns 80, 90 minutos. Perguntei por que apareceu uma imagem primeiro, e só depois o sonho engrenou, e ele então explicou que uma das teorias mais aceitas era de que o córtex recebe um estímulo que gera uma imagem e o cérebro imediatamente começa a inventar uma história para aquela imagem, porque o cérebro não suporta o caos, a desordem. A natureza dele é pôr ordem no caos. Não é bonito isso? Nem sei se foi o Gênio quem inventou essa teoria depois de tanta coisa que leu e viu. Não sei. Contou que os cegos de nascença não sonham com imagens. Sabia? Depois me falou da psicanálise, do instrumento valioso que ia ser para a psicanálise, ia ser uma revolução. Falou de um provérbio que Freud gostava de citar, que dizia assim: "Com que sonham os gansos? Com milho". Toda essa conversa, eu acho hoje, foi pra insinuar como que eu deveria "ler" o que ia ver em seguida.

— O segundo sonho do Julinho me deu um... sei lá, um retraimento, uma vergonha, porque eram coisas muito íntimas e não era para ficar olhando, era como espionar a intimidade de uma pessoa na vida real, ninguém tem o direito, e eu achei que não estava certo aquilo. Ao mesmo tempo era uma coisa que prendia, porque era preciso fazer um esforço pra entender. Como ler poesia. É quase igual. Num momento estava na maior orgia daí a pouco estava voando com a mãe por cima de um rio de cadáveres e aí ele era um cadáver também, gritando mãe. Não era como ver a vida real, era pior, era ver uma coisa muito mais secreta, que ninguém vê, nem a própria pessoa que sonha vê tanto, porque esquece a maior parte. Olhei para o Gênio e ele estava rindo um riso ruim e mostrou que um cadáver era eu, e Julinho e a mãe dele voavam sobre mim e riam.

— É isso mesmo: um horror. Aquilo me deixou mal, mal de verdade, e eu fui pra casa sem nenhuma vontade de ver o resto. Acredito que há sonhos bonitos de se ver, mas aqueles, nem pensar. Imagine um pesadelo então. Também não tive mais coragem de sair com Julinho. Antes eu achava que ele era assim porque tinham dado força pra o lado ruim dele, e tentava puxar o outro lado. Depois não sei mais o que achei, fiquei sem nenhuma vontade de ajudar. Acho que era isso que o Gênio queria, quando me chamou para ver. Ele parece que sabia o que eu ia ver. Depois de pouco tempo o Julinho não foi mais ao colégio e daí a uns dias encontraram ele morto no apartamento dos pais no Guarujá com uma overdose.

— Ah, já ouviu falar. Pois foi isso mesmo: botaram a culpa em mim. Disseram que eu tinha abandonado ele no pior momento, trocado pelo babaca do Gênio. Nem tinha trocado coisa nenhuma, nem o Gênio era babaca. Muito pelo contrário. Naquele momento eu já estava desconfiando do caráter do Gênio, depois de ter visto o sorriso dele ao assistir o sonho do Julinho.

— Exatamente. Foi aí que começaram a surgir rompimentos na turma, de repente uns não falavam mais com outros. Dias depois o Gênio me chamou pra testar um aperfeiçoamento que tinha feito na máquina. Como nunca se lembrava dos próprios sonhos tinha inventado um processo de gravar e queria ser o primeiro a testar. Me fez prometer que nunca ia contar pra ninguém os sonhos dele antes que ele mesmo os visse. Prometi, claro.

— Olha, foram os sonhos mais misteriosos, simbólicos e bonitos que podia haver. Num deles estavam umas pessoas num jardim belíssimo, uma espécie de pomar com flores e frutas, os homens vestidos de *summer* com gravatas e lenços coloridos, as mulheres de vestidos leves, esvoaçantes, e tem um casal nu conversando e a mulher nua está comendo uma fruta e um dos homens vestidos diz alarmado para ela: não faça isso, vai estragar a festa. Ela ri lambendo a fruta e tem língua de réptil. E a fruta fica em preto e branco. E tudo que ela olha vai ficando preto e branco e só ela e o homem ficam coloridos e acaba assim. Num outro ele mesmo, Gênio, está lendo um livro e uma palavra se mexe. Ele continua, depois outra palavra se mexe e sai do lugar. Depois uma outra palavra brinca com o dedo dele, sobe, se enrosca feito um anel. Depois as palavras todas do livro começam a sair das páginas e a se enroscar em sua mão, seu braço, vão formando um cordão enorme e envolvendo-o, cada vez mais rápidas e incontroláveis, prendem seus braços ao corpo, enrolam as pernas e logo ele parece uma múmia todo enrolado de palavras e na sua boca fica a palavra "silêncio". Acaba assim, de repente. Deve ter sido um pesadelo que ele cortou. Depois tem um com nós dois, eu e ele, muito bonito e meio estranho. A gente vai andando numa estrada de terra e chega a uma casa tipo europeia, vamos entrando e há um casal lavando pratos na cozinha e o Gênio pergunta se a cidade está longe. O casal se vira e somos nós dois mais velhos e o homem diz que está perto. Vamos pela estrada, passamos por uma família fazendo um piquenique num campo muito bonito e o casal somos nós. Chegamos à cidade, que também parece europeia, e nos vemos por toda parte, como crianças, como velhos, como adultos, jovens, comerciantes, fazendo compras. Eu digo numa loja: eu queria visitar minha irmã. A mulher nos mostra o prédio onde ela mora, vamos até lá, entramos na casa como se fosse nossa, e no quarto encontramos um casal fazendo amor e eles se voltam e somos nós dois, e eles não se importam que a gente veja. Aí o Gênio acordou.

— O que eu achei no dia foi que ele era mesmo uma pessoa especial. Hoje eu fico pensando: onde foi que ele errou? Acho que foi na tentativa de me isolar dos outros, me tornar dependente dele. De repente, as coisas viraram contra ele. A gente tinha medo e ao mesmo tempo fascinação pela tal máquina. Como uma droga, um filme de terror. Logo depois da gravação dos sonhos do Gênio, radicalizamos e começamos a fazer sessões coletivas, jogos. Um dos jogos era esse: todos podiam ver mas não podiam comentar o sonho com o sonhador. Eu fui uma das primeiras. Depois notei que todo mundo começou a me culpar pela morte do Julinho. Já tinha passado uns quinze dias. Logo eu. Uma pessoa que ainda era minha amiga rompeu o trato e me contou o sonho em que eu estou segurando a mão do Julinho dependurado no alto do edifício Itália e eu grito: me solta, me solta, eu não vou com você. Eu tinha de fato sonhado isso, mas antes, muito antes, no dia da morte dele. Aí eu saquei na hora o que o Gênio estava fazendo e fui procurar as pessoas, trocar informação. Então todo mundo percebeu que o Gênio estava enganando a gente, manipulando a gente, desde o começo.

— Como? As sacanagens dele foram muitas, e não é por serem de gênio que deixam de ser sacanagens. Primeiro, a máquina já estava funcionando quando ele dizia que não. Segundo, ele estava gravando os sonhos da gente desde o começo. Fez um verdadeiro arquivo das nossas cabeças. Terceiro, o que ele mostrou para as pessoas foram sonhos escondidos para ter o efeito que ele queria, para fazer intriga. Enquanto a pessoa dormia e sonhava, ele exibia uma gravação de outro dia, outro sonho. Quarto, ele cortou e montou as imagens como quis. Foi isso que ele fez, quando me mostrou os sonhos do Julinho. Só mostrou o lado ruim. Quinto, ele já tinha gravado os sonhos dele mesmo. Fez uma seleção dos mais profundos, dos mais bonitos, pra me impressionar, e o resto, aquela história de eu ser a primeira assistente de um sonho dele, foi teatro, pra eu acreditar que estava vendo imagens ao vivo. Na verdade era tudo um videoteipe muito bem montado, enquanto ele fingia que dormia. Me fez de palhaço. Sexto, deve ter mostrado ao Julinho a fita que fez com ele.

— Alguém lembrou que a mãe do Julinho tinha participado daquelas primeiras sessões, quando a gente ainda não sabia que a máquina funcionava. Baixou um silêncio enorme, todo mundo se olhando e pensando a mesma coisa. O filho da puta tinha mostrado a fita dela para o Julinho.

— Fomos todos lá ele não estava, reviramos tudo, achamos o arquivo, a fita da mãe do Julinho, vimos e choramos com o que vimos, pensando no Julinho todo cheio de culpas vendo aquilo. Depois de um tempo em que ninguém disse nada, o melhor amigo do Julinho foi lá e arrancou uns fios e jogou um aparelho no chão, depois outro fez a mesma coisa, e outros, e em minutos quebramos aquilo tudo e fomos embora.

— Nunca mais vimos o Gênio. Ele viajou, sumiu.

— O resto é o que os jornais estão dizendo. Esse processo contra ele nos Estados Unidos por invasão de privacidade é apenas uma repetição da história...

Ivan Angelo

com todas as letras

NAS PÁGINAS SEGUINTES, CONHEÇA
A VIDA E A OBRA DE IVAN ANGELO,
AUTOR DOS CONTOS DESTE LIVRO.

Talento premiado

Nome completo Ivan Angelo
Data e local de nascimento 4 de fevereiro de 1936, em Barbacena (MG)
Lugares em que morou Belo Horizonte e São Paulo
Atividades que exerceu repórter, editor, cronista, secretário de redação, coeditor-chefe, roteirista, crítico de televisão
Gêneros literários que praticou conto, novela, romance, crônica
Principais obras *Duas faces* (1961), *A festa* (1976), *Pode me beijar se quiser* (1997)

Ivan Angelo começou sua carreira de escritor aos 18 anos, publicando contos em jornais de Belo Horizonte. Aos 21 anos aderiu ao grupo da revista de arte e cultura *Complemento*, editada na capital mineira. Escreveu seu primeiro livro de contos, *Homem sofrendo no quarto*, em 1959, conquistando o prêmio literário "Cidade de Belo Horizonte" para obras inéditas. Em 1961, publicou o primeiro livro, *Duas faces*, coletânea que reúne a maior parte desses contos premiados, alguns novos e mais dois do amigo Silviano Santiago.

Em 1965, mudou-se para São Paulo, dando continuidade à sua carreira de jornalista, iniciada em Minas Gerais. Devido à falta de liberdade no país, ficou longo período sem escrever: seu romance *A festa*, iniciado em 1963, só foi concluído em 1975. Publicado no ano seguinte, conquistou o prêmio Jabuti. A partir daí, o público leitor se habituou a ver Ivan Angelo como um escritor atuante em diversos gêneros. *A face horrível*, coletânea de contos, ganhou o prêmio da Associação Paulista dos Críticos de Arte, em 1986, o qual conquistaria outra vez, em 1997, na categoria ficção juvenil, com *Pode me beijar se quiser*, novela publicada pela Ática. Investiu também na crônica – sendo considerado um dos maiores nomes no gênero – e publicou a novela *Amor?*, que em 1995 ganhou o prêmio Jabuti.

Ivan Angelo manuseia a prosa com vigor, em suas diversas modalidades, sempre pensando no impacto que seus textos causam no leitor. Com obras traduzidas em vários países, ele ministra frequentemente palestras no Brasil e no exterior, além de participar com destaque de eventos internacionais como representante da literatura brasileira contemporânea.

Com a palavra, o autor

NA CONVERSA A SEGUIR, VAMOS CONHECER ALGUMAS IDEIAS DE IVAN ANGELO SOBRE LITERATURA. AQUI ELE TAMBÉM FALA UM POUCO DE SI E SOBRE ALGUNS CONTOS DESTE LIVRO.

Ivan, por que você escreve?

Escrevo para mexer com a cabeça das pessoas, para passar emoções, valores, críticas... Quando um escritor adota um ponto de vista crítico sobre determinadas questões e a sua literatura tem força, o leitor vai tomar uma posição que geralmente é a de adesão.

E, na sua opinião, a pessoa nasce para ser escritor ou torna-se um?

A pessoa se faz escritor. Esse negócio de "nascer escritor", para mim, torna a arte de escrever algo sagrado, religioso, fatalista. Acho que a pessoa desenvolve certas habilidades e necessidades na vida, e a união delas é que determina seu campo de trabalho.

Além de contista, você é também romancista. O que você gosta mais de escrever: contos ou romances?

Na verdade eu tenho mais tempo para escrever contos do que romances. Sou jornalista, trabalho em tempo integral e não me sobram cinco horas diárias para escrever um romance durante dois anos, que é o tempo necessário para se escrever uma obra mais cuidada. Escrever um conto me toma dez dias, algumas horas diárias, aí dá para fazer com mais frequência.

Bom, a gente até imagina quantas horas você gastou para escrever *O ladrão de sonhos e outras histórias*, que sai em uma série voltada especialmente para o público jovem. Como é escrever para essa geração?

Quando minhas duas filhas – a Mariana e a Camila – eram adolescentes, eu acompanhava as leituras escolares delas. Fico contente ao saber que jovens estão estudando Clarice Lispector, Murilo Rubião, Drummond, textos de Caetano Veloso. Foi pensando nesses jovens que escrevi os contos deste livro. Não escrevi pensando em "facilitar" a leitura para eles, mas sim fazer com que abrissem suas emoções, escrevi para a sensibilidade à flor da pele que os jovens possuem. O jovem gosta e pode ler de tudo.

> *"Quando um escritor adota um ponto de vista crítico sobre determinadas questões e a sua literatura tem força, o leitor vai tomar uma posição que geralmente é a de adesão."*

E você, quando era adolescente, o que mais gostava de ler?

Quando criança eu gostava muito de ler gibis, lia os do Ferdinando, as aventuras do Batman, do Fantasma, do Super--Homem e do Capitão América. Depois, já com 14 anos, fui lendo de tudo um pouco: comprei e li as obras completas do Machado de Assis, li *Os miseráveis*, de Victor Hugo, *Os três mosqueteiros* e *O conde de Monte Cristo*, de Alexandre Dumas, *Madame Bovary*, de Flaubert, tudo isso misturado com folhetins e melodramas...

Claudio Tucci

Vamos voltar ao seu livro. Os personagens desses contos, como o homem que perdeu a memória ou o garoto que vai morar na gaiola, são intrigantes, e aí a gente fica com vontade de saber como nascem seus personagens...

Na maior parte das vezes parto da situação para depois construir o personagem que vai vivê-la. Em "Negócio de menino com menina", por exemplo, o menino nasceu de um questionamento de valores. Eu questiono ali esse valor tão moderno que é o dinheiro, em contraponto com a sinceridade do garoto. Já em "Vai" o homem descrito nasceu de uma crítica ao modo de ser desses jovens sem sensibilidade que a gente vê na TV, nas revistas, nos meios de comunicação, como se fossem o tipo ideal de homem.

ENTREVISTA 75

E entre esses personagens há algum inspirado em você mesmo? Qual dessas histórias aconteceu de verdade?

Quando morava em Belo Horizonte e era adolescente também tive uma vizinha um tanto "perigosa" assim como aquele garoto de "Meio covarde"...

Se você fosse definir Ivan Angelo, você diria que ele é um cara...

... que tenta fazer o melhor possível.

Literatura para surpreender, conscientizar, encantar

Da leitura dos contos de Ivan Angelo, sobressaem duas características marcantes que revelam claramente sua postura diante do ato de escrever: a luta contra as várias formas de opressão, mesmo aquelas mascaradas pelo cotidiano, e a busca incessante de novas maneiras de desenvolver a história, de modo a aumentar o impacto sobre o leitor. Em Ivan Angelo, a organização da narrativa – a sequência com que as peripécias e a caracterização dos personagens são reveladas ao leitor – sempre é fundamental. Cada enredo é como uma teia, e o autor usa sua habilidade de prosador para capturar seu leitor. Não é à toa que, nos contos, seus enredos e personagens guardam tanto lições de mestres do gênero, como Tolstói, Guy de Maupassant e Machado de Assis. Na sua obra, soma-se a essa técnica uma preocupação com o aspecto conscientizador da literatura. Para Ivan Angelo, o bom escritor é aquele que contribui intelectual e socialmente com a humanidade, que conhece o que já foi feito em literatura e procura sempre avançar.

Sua preocupação com a denúncia fica bem clara em *A casa de vidro*, livro de contos – ou de histórias, como ele prefere classificar os cinco textos que compõem o

Romance, novela, contos e crônicas de Ivan Angelo – prosa da melhor qualidade para agradar aos leitores mais exigentes, de todas as idades.

volume. O tema focalizado é a opressão. O leitor acompanha não as desventuras e êxitos de um herói, mas sim a revelação do significado da tirania que oprime e sufoca.

Além desse livro, mais significativo ainda é o romance *A festa*, que trata especificamente do clima de repressão do final da década de 1960 e início dos anos 1970, quando as pessoas temiam por sua liberdade. Considerado um dos mais importantes livros de ficção do período de 1972 a 1982, é a principal obra do autor. O romance, estruturado em narrativas independentes, é também o resultado das experiências formais de Ivan Angelo. A segunda parte remete à primeira, funcionando quase como um índice remissivo dos personagens. Em virtude dessas características, o livro permite várias possibilidades de leitura, além da linear e usual, página a página.

A preocupação com a linguagem, que inclui o trabalho rigoroso com as palavras, continua em *A face horrível*, coletânea de contos irônicos e com finais que surpreendem a expectativa criada pelo leitor.

Ivan Angelo tem uma visão muito perspicaz e crítica da sociedade de seu tempo e das relações que essa sociedade produz. Um bom exemplo disso são os seus sete contos reunidos ao lado de dois outros de Silviano Santiago em *Duas faces*. Os dramas existenciais vividos no final dos "anos dourados" (anos 1950) estão ali em toda a sua profundidade.

É, entretanto, na busca de soluções inéditas para a estruturação de seus textos que reside a marca da inovação, tão vigorosa em Ivan Angelo. Para ele, o sentido maior de um livro é a sua linguagem. É preciso ler atrás, adiante, por cima, por baixo e por dentro das palavras para desvendar o texto – perfeito mapa para se percorrer um autor aficionado por sutilezas e jogos de dissimulação executados por meio de seus personagens.

SUPLEMENTO DE LEITURA

Ivan Angelo

O ladrão de sonhos e outras histórias

nome..
escola..
............º ano

editora ática

boaprosa

Recorrendo a recursos linguísticos de grande efeito e ao uso de estruturas narrativas variadas, Ivan Angelo cria textos literários ricos e instigantes, que surpreendem o leitor. Vamos recordar os contos de **O ladrão de sonhos e outras histórias**, resolvendo as questões a seguir?

5. Vamos observar agora o jogo que Ivan Angelo faz com os nomes dos personagens do conto "Triângulo". Complete:

A. O nome dos dois personagens masculinos é .... e ....

B. Se os dois homens são os ...., Laís seria a ....

C. Em geometria, esses termos se referem aos lados do triângulo ....

D. A essa situação em que dois homens se acham envolvidos afetivamente por uma mesma mulher, chamamos triângulo ....

6. No conto "Meio covarde", que se passa em meados da década de 1950, o narrador afirma que sua vizinha era malvista por usar roupas decotadas, vestido justo, não ser casada e ter amantes. Na sua opinião, esses detalhes ainda seriam motivo para uma mulher ficar falada nos dias de hoje? Por quê?

....

....

....

....

....

7. O conto "Talismã", ao mesmo tempo que critica uma sociedade fria – em que as pessoas são apressadas, agressivas e indiferentes aos seus semelhantes –, mostra um personagem inusitado, fora dos padrões convencionais. Na sua opinião, o que representa esse homem com uma flor na mão?

....

....

....

....

....

( ) Ressentido e achando-se muito superior ao rival, o personagem deboca da namorada e da sua decisão de trocá-lo por outro.

3. Em diversos contos do livro, Ivan Angelo quebra a expectativa do leitor, criando desfechos surpreendentes para os textos. Aponte a surpresa que aguarda o leitor ao final dos seguintes contos:

A. "Negócio de menino com menina":

....

....

B. "Vai dar tudo certo":

....

....

C. "Vantagem":

....

....

D. "A voz":

....

....

4. Em "O lado de dentro da gaiola", o garoto passa a viver dentro do viveiro de pássaros para cuidar bem de seu curió e, por isso, recebe pressões de todos os lados para voltar a ter um comportamento considerado normal. O que você pensa sobre o comportamento do menino? E sobre as pressões que são feitas contra ele?

....

....

....

....

....

....

....

1. Os contos "Vai", "Tão felizes" e "O ladrão de sonhos" reproduzem de forma criativa os monólogos dos personagens principais, ou seja: aparentemente, em cada um desses textos, um personagem fala sozinho. Entretanto, pode-se perceber que esses monólogos revestem-se de características próprias. Observe as frases abaixo, retiradas dos contos:

"Eu danço mal, você sabe." ("Vai")

"Está melhor agora? Toma mais água magnesiana." ("Tão felizes")

"Já ouviu falar da máquina dos sonhos que ele inventou? Claro, claro, a sua reportagem é sobre isso." ("O ladrão de sonhos")

Podemos dizer que:

( ) embora construídos a partir das falas de apenas um personagem, o que caracterizaria o monólogo, os três textos supõem a existência de um interlocutor;

( ) os três textos reproduzem trechos de diálogo entre o narrador e um mesmo interlocutor;

( ) nos três textos, estabelece-se um diálogo entre o narrador e o leitor.

2. Logo no início do conto "Vai", referindo-se à decisão da namorada de trocá-lo por outro, o personagem afirma: "Você muda pra melhor". No entanto, embutido nas falas do personagem, percebe-se um outro discurso nas entrelinhas. Assinale a alternativa que você julga mais adequada:

( ) O personagem está tão conformado com a situação que, reconhecendo-se inferior ao rival, incentiva a namorada a ficar com o outro.

( ) Sutilmente, o personagem vai dando à mulher amada argumentos para que ela resolva permanecer com ele.

( ) Já farto da relação com a namorada, o personagem a incentiva a ir embora.

ATIVIDADES ESPECIAIS

Antigamente era diferente

Você já pensou que há pouco tempo coisas como fax, internet, *i-pod*, celular, micro-ondas, fralda descartável, entre outras, não existiam? Foram os inventores, assim como o personagem de "O ladrão de sonhos", que imaginaram essas novidades. E muitas delas mudaram o nosso cotidiano. Que tal lembrar – ou descobrir, em alguns casos – como era a vida antes dos vários equipamentos eletroeletrônicos, ou novidades úteis, que hoje nos acompanham? Escolha uma novidade do nosso dia a dia, descubra qual objeto foi seu antecessor e imagine como as pessoas se viravam sem esse artigo ou recurso. Depois, faça uma exposição oral sobre o *antes* e o *depois* em classe. Pode ser engraçado saber como se vivia quando coisas que hoje julgamos indispensáveis não existiam.

Agora o escritor é você

Você já viu acontecer na rua um caso curioso como o de "Talismã"? Ou quem sabe imaginou algo assim estranho, inusitado, fora do comum? Lembre ou invente uma ocorrência dessas e escreva um texto narrando-a, procurando dar a ela uma magia própria. Capriche também na maneira de escrever, buscando contar a história de um jeito que agrade seu leitor e o faça ir até o final – para o qual você pode preparar um desfecho surpreendente.

Este suplemento é parte integrante da obra **O ladrão de sonhos e outras histórias**.
Não pode ser vendido separadamente. Reprodução proibida.
© **Editora Ática**. Elaboração: Laiz Barbosa de Carvalho Cwerner e Veio Libri.

Obras do autor

ADULTO

Duas faces (contos – com Silviano Santiago). Itatiaia, 1961
A festa (romance). Vertente, 1976 (Geração Editorial)*
A casa de vidro (novelas). Livraria Cultura, 1979 (Geração Editorial)
A face horrível (contos). Nova Fronteira, 1986 (Lazúli Editora)
Amor? (novela). Companhia das Letras, 1995

JUVENIL

O ladrão de sonhos e outras histórias (contos). Ática, 1994
Pode me beijar se quiser (novela). Ática, 1997
O comprador de aventuras (crônicas – antologia). Ática, 2000

INFANTIL

O vestido luminoso da princesa. Moderna, 1997
História em ão e inha. Moderna, 1998

TRADUÇÕES

Além de ter vários de seus contos traduzidos e incluídos em antologias estrangeiras, Ivan Angelo publicou no exterior:

La fête inachevée (*A festa*). Paris, Flammarion, 1979
The Celebration (*A festa*). Nova York, Avon-Bard, 1982
The Tower of Glass (*A casa de vidro*). Nova York, Avon-Bard, 1986
Das Fest (*A festa*). Salzburgo, Residenz Verlag, 1992

---

* Entre parênteses estão anotadas as editoras que posteriormente publicaram os livros.